KB269999

지금 너의 꿈이
세상을 바꾼다

지금 너의 꿈이
세상을 바꾼다

초판 1쇄 인쇄_ 2009년 8월 14일
초판 3쇄 발행_ 2009년 8월 31일

글쓴이_ 하유미

펴낸곳_ 여우고개
펴낸이_ 박상철

책임편집_ 임종민
편집팀_ 이성현, 김주범
책임디자인_ 방유선
디자인팀_ 최윤희, 김은빈

ISBN_ 978-89-92855-05-1 43810

등록_ 1999. 04. 16 | 제2-2799호
서울시 마포구 서교동 395-166 서교빌딩 703호 (우편번호 121-840)
전화 02)333-9077 | 팩스 02)333-9960
이메일 yeougogae@hanmail.net

글 ⓒ 2009 하유미

여우고개는 우리 아이들이 잃어버린 상상의 세계입니다.
도서출판 《여우고개》는 그 세계를 찾아갑니다.

지금 너의 꿈이 세상을 바꾼다

하유미가 인터뷰하고 씀

여우고개

지금 너의 꿈이
세상을 바꾼다!

이 책에 소개되는 일곱 명의 사람들을 만나 그들의 성장기에 관한 이야기를 들으며 참 신기한 점을 발견했습니다. 각자 다른 부모 밑에서 다른 방식의 교육을 받고, 직업도 우주인, 외교관, 판사, 앵커…… 모두 다른데, 이들에게는 여러 가지 공통점이 있었던 겁니다. 일부러 그런 점을 염두에 두고 찾았던 것도 아닌데 말이죠.

우주인 이소연 박사는 어린 시절 영화 〈스타워즈〉에 매료돼 '언젠가는 우주에 가고 말겠다'는 꿈을 가지게 되었다고 합니다. 김영희 대사는 외국은커녕 서울 구경도 변변히 못 해본 지방 도시의 소녀였지만, 책 속의 넓은 세상을 동경하며 이미 중학교 시절 '외교관'이 되겠다는 꿈을 키웠다고 하고요. 영화 제작자 심재명 대표를 '영화 만드는 사람'으로 만든 것도 중학교 시절 우연히 본 '영화 한

편'이었습니다. 김주하 앵커는 고등학교 때 신문반 활동을 하며 '뉴스'의 매력에 빠져 주저 없이 인생 목표를 '앵커'로 설정했다니 대단한 결단력이죠.

이들에겐 이미 10대 소녀 시절, 확고한 꿈이 있었던 겁니다. 그건 부모님이 요구한 미래도 아니었고, 영리한 현실의 계산도 아니었습니다. 어떤 이는 책 속에서, 또 어떤 이는 영화나 한 편의 TV 프로그램을 통해 영향을 받기도 했습니다. 순수하고 열정적인 10대 소녀에게 그것은 바로 '간절히 소망하는 꿈'이 되었던 겁니다.

꿈은 어떻게 이루어질까요?

우리가 보는 드라마 속에서는 황당한 꿈이 현실이 되기도 하고, 아주 우연하게 꿈을 이루기도 합니다. 혹시 여러분도 그런 기막힌 기대를 하고 있지는 않나요? 시험 준비는 제대로 하지도 않고, '포크의 능력'에 기대를 걸거나 투명인간이 되는 헛된 상상을 하는 것처럼 말이죠.

그러나 현실은 냉정하고 엄격합니다. 수많은 시련과 고통이 따르고, 간혹은 좌절이 친구처럼 곁에 붙어 다니기도 하죠.

이 책에 자신의 이야기를 들려준 사람들도 모두 그런 과정을 거쳤습니다. 김주하 앵커나 심재명 대표 같은 이는 어려운 가정 환경 때문에 학창 시절 아르바이트를 두세 개씩 해야 했고, 김영혜 판사의 경우는 원하는 대학에 들어가지 못한 좌절을 경험하기도 했습니다. 대한민국 최초의 우주인이 된 이소연 박사가, 과학고 시절엔 수학 점수 100점 만점에 3점을 맞은 적도 있다는 사실은 상상도 못 했겠죠?

중요한 건, 이들이 그런 시련과 아픔을 만났을 때, 기죽어 주저앉지 않고 씩씩하게 맞서 그것을 극복해 냈다는 사실입니다. 본래 강인한 사람도 있었겠지만, 스스로 꿈을 이루기 위해 그 정도 시련은 꼭 이겨내야 할 과정이란 걸 알았던 겁니다.

사람은, 꿈의 크기만큼 강해지는 모양이에요.

여기 소개되는 일곱 명의 멋진 여자 선배들은, 지금까지 '여성에게는 잘 열리지 않았던 분야'를 개척해 '최초의 인물'이 되거나, 새로운 길을 열기 위해 노력한 사람들입니다. 지금은 "왜 여자가 비행기 조종을 못 해?"라고 생각할지 모르지만, 민간 항공사에서 최초의 여성 기장이 나오기까지는 60년이란 세월이 필요했습니다. 여성으로서는 꿈꿀 수 없던 일에 도전한 사람들이 있었기에, 오늘날에는 그것이 '누구나 할 수 있는 일'이 된 것이죠.

마찬가지로 지금 여러분이 꾸는 꿈, 그것이 세상을 바꾸는 힘이 될 수도 있습니다. 그런 꿈을 꿀 수 있다는 것…… 노력하면 그걸 이룰 수 있는 가능성의 나이를 산다는 건, 참 멋진 일 아닌가요?

혹시 자신이 원하는 것이 무엇인지 알지 못해 뚜렷한 목표 없이 방황하는 친구가 있다면, 이 책을 곁에 놓아주고 싶습니다. 또 무한대의 꿈을 가지고도 그것에 다가가는 열정을 찾지 못해 아직 제자리 걸음을 하는 친구가 있다면, 그에게도 이들의 이야기를 들려주고 싶어요.

열아홉 살 아들을 둔 늙은 엄마인 저 역시, 이 일곱 여성들의 '꿈을 이룬 이야기'를 들으며 한없는 부러움을 느꼈습니다. 또 한편으로는 이루지 못한 십대 시절의 제 꿈을 생각하며 아이와 많은 이야기를 할 기회를 얻어서 행복했습니다.

누군가 이 책을 읽고 '자신의 꿈에 대해 생각하게 된다면', 또 그것을 이루겠다는 '열정'을 가지게 된다면, 이 책을 만들기 위해 애쓴 여러 사람들에겐 정말 근사한 일이 될 겁니다.

하유미

차례

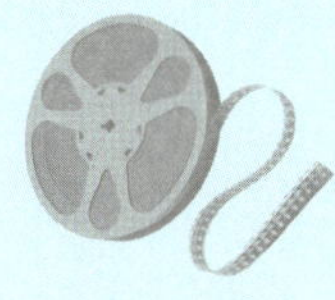

대한민국 최초의 우주인

이소연

Yi so yeon

〈스타워즈〉 같은 영화를 보며 '언젠가는 우주에 가겠다'는 꿈을 키웠던 이소연 박사. 밤하늘을 바라보며 우주를 상상하던 소녀가 대한민국 최초의 우주인이자 세계 475번째의 우주인이 되었다.

1961년 4월 러시아의 가가린은

인류 최초로 우주 비행에 성공했다.

그로부터 2년 뒤 러시아의 테레시코바가

여성 최초로 우주선을 타고 지구 주위를 돌았다.

그리고 2008년 4월 이소연은

대한민국에서 최초로 우주를 비행했다.

2008년 4월 8일.

대한민국 사람들의 시선은 온통 한곳에 집중돼 있었다. '소유스 Soyuz TMA-12' 우주선이 카자흐스탄 바이코누르 우주기지에서 발사되기 직전이었다.

우주선에서 카운트다운을 기다리는 사람은 세르게이 볼코프 선장과 엔지니어인 올레크 코노넨코, 그리고 대한민국 최초의 우주인 이소연이었다. 3만 6천 명의 쟁쟁한 경쟁자 중 선발된 대한민국 최초의 우주인!

그러나 바깥의 흥분과 달리, 우주선에서 그 순간을 맞고 있는 이소연은 담담하기만 했다. 우주선 내부는 그동안 훈련을 받던 우주선의 모형과 거의 흡사해서 특별할 것이 없었다. 우주선에 탑승하고도 두 시간 남짓, 발사 준비 시간이 흘렀다. 그렇게 시간이 흐르자 자신이 곧 우주로 날아갈 것이라는 현실감도 무뎌지기 시작했다.

'어? 이거 정말 발사되는 거 맞아?'

자신이 타고 있는 것이 실제 우주선인지 연습 모형기인지 헷갈릴 지경이었다.

그때, "쿠우우우" 하는 먹먹한 굉음과 함께 우주선이 솟구치는 속도감이 느껴졌다. 소리는 상상했던 것보다 훨씬 더 엄청났다. 그 굉음을 견디면서도, 엉뚱한 이소연은 어린 시절 좋아했던 영화를 생각하고 있었다.

저 먼 우주의 어느 행성에서 벌어지는 선과 악의 대립……. 〈스타워즈〉에서 제다이 기사는 사뿐하게 비행선을 이륙시켜 유유히 우주 공간으로 날아갔었다. 영화 속 신비한 행성과 멋진 비행선에 대한 기대로, '언젠가는 우주에 가겠다'는 꿈을 키웠었다. 그러나 현실의 로켓은 좀 달랐다.

'역시 영화는 거짓말이었어!'

대한민국 최초의 우주인 이소연 박사를 태운 우주선은 엄청난 굉음과 함께 거칠게 우주를 향해 날아가고 있었다. 밤하늘을 바라보며 우주를 상상하던 소녀가, 세계 475번째의 우주인으로 기록되는 순간이었다.

〈스타워즈〉를 보며 '언젠가는 우주에 가겠다'는 꿈을 키웠던 이소연 박사. 밤하늘을 바라보며 우주를 상상하던 소녀가 대한민국 최초의 우주인이자 세계 475번째의 우주인이 되었다.

3만 6천 명 중의 1인. 처음부터 그 '한 명'이 될 것이라고 기대한 건 아니었다. 어느 날 우연히 펼쳐 든 신문에서 '우주인 선발 공고' 기사를 보고 생각했다.

"그래, 매일 하는 게 실험인데, 기왕이면 우주에 가서 해볼까?"

고등학생이 되고 대학생이 되면서, 그리고 어른이 되어가며 희미하게 멀어졌던 '우주에 대한 꿈'이, 그 순간 소연의 마음속에서 환하게 되살아났다.

'그렇지만 선발전에서 떨어지면?'

그것도 큰 고민은 아니었다. 이소연에겐 언제나 초강력 긍정 마인드가 있었다.

'떨어지면 어때? 나중에 우주인 이야기가 나오면, 나도 거기 지원했었다는 자랑을 하는 것만으로도 충분하잖아!'

처음 목표는 300명 안에 드는 것이었다. 일류 대학 출신의 연구원, 군인, 경찰, 박사…… 쟁쟁한 경쟁 상대들을 보며, 300명 안에 드는 것만으로도 충분하다는 생각이 들었다. 그런데 꿈이었던 그 소망이 정말 현실로 이루어졌다.

그다음부터는 마음이 가벼워졌다. 처음의 목표는 이루었으니까, 이제부터는 가벼운 마음으로 우주인 선발 과정을 즐기면 그뿐이었다. 마음을 가볍게 하자 어려운 테스트들이 오히려 재미있어졌다.

그렇게 30명, 그리고 다음 10명을 간추리는 과정을 통과했다. 몸과 마음이 모두 건강한 사람들에게만 허락되는 도전이었다.

어렸을 때의 이소연은 '굳센 정신력'과는 거리가 있었다. 소심한 성격에 걸핏하면 눈물을 흘리는 울보였다. 남자아이들이 짓궂은 장난을 걸어도 대꾸조차 하지 못하고, 집에 돌아와서야 울음을 터뜨리곤 했다.

소심한 울보 소녀를, 강인한 대한민국 최초 우주인으로 만든 뿌리는 어머니였다. 소연의 어머니는 내성적이고 마음 약한 딸이 늘 마음에 걸렸다.

'어떻게 하면 씩씩하고 건강한 아이로 자랄 수 있을까?'

오랜 고민 끝에 어머니가 내린 처방은 '운동'이었다. 처음 몇 달 동안 친척 언니에게 태권도를 배우다 태권도장에 나갔다. 그러나 난생처음 간 태권도장엔 온통 남자아이들뿐이었다. 우렁찬 남자아이들 기합 속에서 소연은 기죽지 않으려고 이를 악물었다. 배 속 저 밑에 있는 마지막 힘까지 짜내 기합 소리를 냈다.

초등학교 4학년부터 중학교 2학년까지, 소연은 태권도장의 유일한 여학생이었다. 학교 수업을 끝내고 교육청에서 하던 영재 교실까지 마친 다음 도장에 가면 밤 10시를 넘기곤 했다. 그 시간에는 학생 반이 없어서, 일반부의 '아저씨'들과 함께 운동을 했다. 처음엔 대하기 어색하던 아저씨들도, 함께 운동을 하다 보니 친해졌다. 밤늦게까지 운동을 하고 캄캄한 길을 걸어 집으로 돌아가는 것이 무섭기는 했지만, 소연의 태권도 수련은 4년 동안 꾸준하게 계속됐다.

"처음 태권도를 시작할 때부터 생각하고 있었거든요. '일단 시작했으니까 한 3단까지는 가야 되지 않겠어?' …… 저는 뭐든 시작하면 길게 가고, 끝을 보는 성격이에요. 만화책도 보기 시작하면 마지막 권 결말까지 봐야 직성이 풀리고, 진짜 재미없는 영화도 끝까지 봐야 직성이 풀려요."
이소연 박사 인터뷰 중에서

하지만 공부에 있어서만은 그런 끈기가 발휘되지 않았다. 어떤 때는 100점에 1등이었다가, 그 다음번에는 사정없이 추락해 바닥을 헤매기도 했다.

그런데도 어머니는 공부에 대해 걱정도, 조바심도 없었다.

"네가 해야 된다고 생각하면 언제든 하겠지."

다른 엄마들은 아이가 밥을 먹지 않겠다고 하면 밥숟가락을 들고 따라다닌다는데, 소연의 엄마는 달랐다.

"배고프면 알아서 먹겠지."

밖에서 놀다 다쳐서 들어와도 눈 하나 깜짝하지 않았다.

"그 정도 다친 걸로 죽지 않는다."

주변에서는 그런 어머니를 "냉정하다"고 수군거리는 사람들도 있었다. 심지어 동네 할머니들은 "새엄마 아니냐?" 며 의아한 눈빛을 보내기도 했다.

초등학교 4학년, 소풍 전날이었다.

소연은 소풍에 대한 기대로 잔뜩 부풀어 있었다. 어머니가 챙겨주실 간식거리에 대한 기대로 흥얼흥얼 콧노래가 나왔다. 그런데 뭔가 이상했다. 저녁이 다 되도록 어머니는 가게에 갈 생각을 안 하셨다. 소연이 좋아하는 과자며 음료수를 파는 가게는 집에서 한참이나 먼 거리에 있는데…….

'어머니는 언제나 가게에 가시려는 걸까?'

그날 저녁 어머니는 과자를 사러 가지 않으셨고, 기다리다 못한 소연은 잠자리에 들어야 했다.

늦은 밤이었다. 어머니가 깊고 깊은 잠에 빠진 소연을 흔들어 깨우셨다. 눈을 비비며 겨우 일어난 소연에게 어머니는 1만 원짜리 지폐 한 장을 내미셨다.

"가게에 가서 내일 소풍에 가져갈 과자를 사 와라."

소연은 잠이 확 깨는 것 같았다.

'이 한밤중에 가게에 다녀오라고?'

시계를 보니 이미 밤 11시가 넘은 시간이었다. 소연의 집은 한적한 동네에 있었고, 동네에 하나뿐인 가게까지는 20분 정도나 걸어야 하는 거리였다. 솔직히 무서웠다. 그런데도 '가지 않겠다'는 말은 할 수 없었다. 왠지 갔다 와야 할 것 같다는 생각이 들었다.

드문드문 희뿌연 가로등이 서 있는 길을 육상 선수처럼 뛰었다. 과자를 담은 비닐봉지는 움직일 때마다 요란하게 '부스럭' 소리를 냈다. 누군가 뒤에서 따라와 팔을 잡아챌 것만 같은 두려움에 으스스했다.

중간쯤 돌아왔을 때, 저만치 사람이 서 있는 게 보였다. 과자를 사 오라며 자신을 내보낸 어머니였다. 어머니를 발견하자, 좀 전까지 자신에게 달려들던 두려움이 뒷걸음을 치며 사라지는 것 같았다.

"과자는 샀니?"

소연은 말도 제대로 하지 못하고 고개를 끄덕였다.

"엄마가 왜 이 밤중에 널 가게에 보냈는지 알겠냐?"

"……."

"이런 늦은 시간에 딸을 밤거리에 내보낸다는 게, 엄마 입장에서는 더 힘든 일이란다. 밤거리에서 나쁜 사람을 만날 수도 있고, 안 좋은 일이 있을 수도 있으니까. 하지만 어려운 경험을 이겨낸 사람은 강해지는 법이다."

아직도 가쁜 숨을 몰아쉬는 소연을 바라보며, 어머니는 한마디 덧붙이셨다.

"제 앞가림은 할 줄 아는 사람이 되겠다……."

"어렸을 때 어머니가 자주 하신 말씀 중에 이런 게 있었어요. 독수리는 새끼가 알을 깨고 나오면 허공에 물고 올라가서 떨어트린대요. 그때 살아남기 위해 파닥이며 안간힘을 쓰는 녀석은 기르고, 그런 생존 능력이 없는 녀석은 버린다는 거죠. 웃기는 이야기지만, 한밤중에 어머니가 과자를 사 오라고 했을 때 그 '독수리 이야기'가 생각났어요. 내가 안 가겠다고 하면 우리 어머니가 나를 안 키울지도 모른다는 생각이 들었던 거예요. 남들은 어머니에게 '그렇게까지 해야 했냐?'고 할지 모르지만, 어머니의 그런 교육이 저를 강한 사람으로 성장시킨 힘이 됐다고 생각해요."

이소연 박사 인터뷰 중에서

어머니에겐 분명 귀한 딸이었다. 그러나 어머니는 품에 곱게 감싸 안는 것으로 사랑을 표현하지 않았다. 대신, 소연이 '자신 앞의 문제를 해결할 줄 아는 사람'으로 성장하도록 이끌었다. 어머니의 생각과 가르침대로, 소연은 탁월한 문제 해결 능력을 가진, 강한 사람으로 성장했다.

소연의 집은 별도로 과외를 시켜주며 뒷바라지할 정도로 부유한 집은 아니었지만, 반대로 딸을 공부시키는 데 드는 돈을 걱정할 만큼 어려운 형편도 아니었다. 그럼에도 소연은 대학 때도, 미국 유학 시절에도 생활비와 책값을 벌었다. 누가 시켜서 한 일은 아니었다.

당연히 그 정도는 스스로 해결해야 한다는 생각에서였다.

실패는 나의 힘! 이소연을 강하게 만든 것 2

중학교 1학년 영어 시간, 선생님은 영어로 자기 소개서를 쓰라고 하셨다. 소연은 당당하게 자신의 장래 희망을 적었다.

'First Women President.'

선생님은 잘못 쓴 것 아니냐며 'First Lady'로 고쳐주셨다. 그런 선생님을 향해 소연은 힘주어 말했다.

"아니요, 선생님. 'First Women President'가 맞아요. 제 장래 희망은 최초의 여성 대통령입니다."

어려서부터 꿈이 컸다. 막연하게 자신이 법 공부를 하고 정치인이 되면, 정말 올바른 정치를 하는 사람이 될 것이라는 생각을 했다. 1차 목표는 서울대 법대에 진학하는 것이었다.

그런데 소연의 성적은 현실과 좀 차이가 있었다. 시험 점수는 여전히 아찔하게 롤러코스터를 탔다. 마음먹고 공부하면 점수가 수직 상승했고, 조금만 딴생각을 하면 곧바로 바닥을 치는 것이었다.

공부를 잘해서 교육청에서 운영하는 '영재 교실'에 다닐 정도의 실력은 있었지만, 솔직히 공부가 재미있어서 영재 교실에 나간 것은 아니었다. 소연이 열중하는 것은 공부보다 '친구들과 어울리는 것'

이었다. 친구들과 어울려 떡볶이를 먹고, 만화책을 빌려다 돌려 보는 재미는 무엇과도 바꿀 수 없었다. 간혹 떡볶이를 먹다가 수업에 늦는 경우도 있었다. 입가에 빨간 고추장을 묻힌 채 들어서는 소연을 보면서, 선생님은 "영재 교실에 다니는 애들 중에, 너처럼 성적이 들쭉날쭉하는 학생은 없어!" 하며 고개를 흔들었다.

중학교에 올라가자 이번엔 과목 간 편차가 극명하게 드러났다. 수학이나 과학 점수는 월등했지만, 국사나 사회, 윤리 같은 과목들은 점수가 영 나질 않았다.

한번은 도덕 선생님께서 심각한 얼굴로 물으셨다.

"너, 나한테 무슨 불만 있니?"

고등학교 때 세계사 선생님은 소연의 세계사 점수를 보고 정말 어이가 없다는 얼굴로 말씀하셨다.

"열심히 했는데도 이 점수란 말이냐?"

서울대는 국사 점수가 필수였다. 하는 수 없이 서울대 법대는 포기였다.

법대를 포기하고 나니까, '과학고에 가면 어떨까?' 하는 생각이 들었다. 기본적으로 과학을 좋아한 데다, 함께 영재 교실에 다니던 친구들의 70퍼센트 이상이 과학고를 지망한다는 점도 크게 작용했다.

어머니는 이번에도 소연의 결정에 맡기셨다.

"과학고를 가건, 일반고를 가건…… 선택은 네가 하는 거다. 단,

중학교 수학여행

소연이 열중하는 것은 공부보다 '친
구들과 어울리는 것'이었다. 친구들
과 어울려 떡볶이를 먹고, 만화책을
빌려다 돌려 보는 재미는 무엇과도
바꿀 수 없었다. 간혹 떡볶이를 먹다
가 수업에 늦어, 입가에 빨간 고추장
을 묻힌 채 교실에 들어서기도 했다.

선택에 대한 책임도 네가 져야 한다."

어머니의 교육은 늘 그런 식이었다. 따라다니며 간섭하는 대신 소연에게 결정권을 주고, 그것에 대한 책임도 전적으로 스스로 감당해야 한다는 사실을 주지시켰다. 소연은 그런 '결정권'이 얼마나 무거운 책임인지를 잘 알고 있었다.

그러나 소연은 스스로 '나는 뭘 해도 해낼 수 있는 사람'이라는 자신감이 있었다. 또 한편으로는 '내 실력이 어느 정도일까?' 그런 호기심도 있었다. 자신의 실력을 테스트해 본다는 마음으로 과학고 시험에 응시했다.

결과는 합격이었다. 그러나 과학고에 진학해 소연이 가장 먼저 깨달은 것은 '자신이 얼마나 건방진 사람이었나' 하는 것이었다.

과학고에는 '천재'가 넘쳐 났다. 워낙 뛰어난 학생도 많았지만, 공부를 열심히 하는 정도가 상상을 초월했다. 함께 영재 교실에 다닐 때는 그저 그렇던 친구들도 과학고에 가서는 오직 공부에만 전념하는 모습이었다. 책이나 노트도 보여주지 않고, 공부에 관한 한 한 치의 양보도 없었다. '경쟁해야 하는 현실'이 소연을 충격에 빠뜨렸다.

과학고 1학년 때, 소연은 120명 중 118등이라는 성적표를 받았다. 자신의 밑으로는 달랑 두 명. 위로는 너무 까마득해서 바라볼 수도 없었다. 수학 점수는 더 기가 막혔다. 100점 만점에 3점……. 그나마 그 3점도, 서술형 문제 중에서 부분 점수로 받은 것이었다. 이미 답안지를 낼 때 소연은 자신의 점수가 3점이라는 것을 알고 있었다.

소연을 교무실로 부른 수학 선생님은 단호하게 말씀하셨다.

"과학고에 온 학생이라면 3점이란 수학 점수는 있을 수 없다!"

118등이라는 성적표를 받고 나자, '과학고에 괜히 왔나?' 하는 생각이 들었다.

수학만은 누구에게도 지지 않는다고 생각했는데…… 30점도 아니고 3점이라니!

완전 좌절이었다. 아니, 머릿속이 하얘지는 충격이었다. 공부에 대해 자신감이 넘치던 과학고 학생들 중에는, 더러 그런 좌절을 이겨내지 못하고 대학 진학에 실패하는 경우도 있었다. 하지만 그 정도에 밀릴 소연이 아니었다. '일단 해보자!' 하는 오기가 생겼다.

그때부터 두 달 정도 수학 공부만 죽도록 했다. 수학 문제지를 잔뜩 쌓아놓고, 그야말로 수학이 남느냐, 이소연이 남느냐의 한판 승부를 벌였다. 선생님의 풀이 방법에 대해 이해가 되지 않을 때는 몇 번이고 문제를 풀고 또 풀었다. 그 결과, 다음 시험에서는 33점으로 점수가 올랐다. 최고점을 받은 학생의 점수는 50점이었다.

선생님은 또다시 소연을 부르셨다. 점수가 올랐다고 칭찬하실 줄 알았는데, 이번에도 꾸지람이 떨어졌다.

"이 점수 받을 수 있는 놈이 고작 3점이었단 말이냐?"

그때부터 소연의 성적은 30등, 40등씩 뛰어오르기 시작했다.

우수한 학생들이 모인 과학고에서는 고등학교 과정을 2학년까지만 마치고 내신으로 '카이스트KAIST'(한국과학기술원)에 진학하는 것이 일반적이다. 3학년을 모두 마치고 대학에 진학하면 '재수'를 하는 것이나 마찬가지였다. 당연히 소연도 2학년을 마치고 카이스트 시험에 응시했다. 응시자 중에 성적도 상위권이었다. 그런데 결과는 불합격이었다. 시험 보고 돌아와서 기숙사에서 신 나게 놀기까지 했는데…… 조용히 떨어진 것보다 더 창피였다.

카이스트 진학에 실패하고 학교에 남은 수모는 고3 내내 계속됐다. 시험을 앞둔 2학년 후배들이 카이스트 대비 모의고사를 볼 때마다, 소연은 책상을 들고 2학년 교실로 내려가야 했다. 후배 30명이 일제히 자신을 비웃는 것 같아 얼굴이 화끈거렸다.

더더욱 공부를 열심히 하지 않으면 안 됐다. 후배들에게 자존심을 지키기 위해 수학과 과학만은 1, 2등을 유지할 만큼 집중해서 공부했다. 그 결과 이듬해에는 카이스트 시험에서 만족할 점수를 받을 수 있었다. 수능 점수 역시 자신이 원하는 대학에 갈 수 있을 정도로 잘 나왔다. 그러나 '공대'로 진학을 결정한 소연에게 일반 대학보다는 카이스트가 최선이었다.

남자들과 경쟁하며 협력하는 방법 배운 카이스트

누가 뭐래도 대한민국 최고의 이공대, 카이스트!

뛰어난 천재들이 모여 열정은 뜨겁지만, 외형적인 삭막함은 타의 추종을 불허하는 카이스트……

처음 카이스트에 부임하게 된 어떤 교수는 카이스트가 있는 유성을 지나며 '저기가 온천이구나……' 생각했다고 한다. 온통 빨간 벽돌과 타일 건물로 이루어진 카이스트를 대단위 온천 건물로 생각했던 것이다.

카이스트 캠퍼스는 늘 텅 비어 있었다. 잔디밭이 있지만 그곳에 들어가 한가로운 시간을 즐기는 학생은 없었다(학생들을 보려면 연구실이나 도서관에 가면 된다). 드라마 〈카이스트〉를 촬영할 때는 캠퍼스가 너무 썰렁해, 일부러 학생들을 몇 명 불러다 놓고 한명씩 지나가도록 연출을 했을 정도였다. 그나마 '세계적인 공대 MIT가 카이스트보다 더 공장 같다'는 것을 위안으로 삼았다.

대학 1학년 때, 소연은 정말 열심히 공부했다. 고2 때 카이스트 시험에 실패한 경험은 소연에게 많은 공부가 되었다. '열심히 하지 않으면, 정말 최선을 다하지 않으면, 결과는 자신의 편을 들어주지 않는다'는 것을 깨달았다. 또 한 가지 이유는, '후배들과 함께 진학을 한 게 얼굴 팔려서' 공부를 열심히 하지 않을 수 없었다.

카이스트 시험에 실패했던 경험은 우주인 최종 선발에서 탑승자가 되지 못하고 예비 우주인으로 결정되었을 때(처음에는 고산 후보가 최종 우주인, 이소연이 예비 우주인으로 결정되었다가 나중 교체되었다)도 도움이 되었다. 실패하는 게 지금 당장은 힘들지만, 지나놓고 보면 그건 아무것도 아니라는 걸 알고 있었기 때문이다.

'탑승자는 되지 못했지만, 최고의 백업 요원이 되는 거야! 내가 정말 열심히 해서 실력을 인정받는다면, 러시아 사람들도 나를 최고의 백업 요원으로 평가하고 기억해 줄 거야!'

어떤 사람은 한 번 실패로 좌절하고 말지만, 소연은 일찌감치 경험한 실패에서 자신을 단단하게 만드는 힘을 배웠다. 실패 속에서도 다시 '최선'을 찾는 힘을 기르게 된 것이다. 한 번 실패로 주저앉는 사람은 영원한 실패자로 남지만, 실패에서 새로운 길을 찾아내는 사람은 마지막 승리자가 되는 것이다.

열심히 공부한 결과 장학금도 받았다. 학생들은 공동 연구를 수행하는 프로젝트 팀을 짤 때면 소연과 한 팀이 되길 원했다.

그렇다고 소연이 공부만 하는 범생이는 아니었다. '농구 동아리'에 들어가서 남학생들과 어울려 운동을 하는 데도 열성적이었다. 뛰어나게 운동을 잘해서 농구 동아리에 들어간 것은 아니었다. '남학생들 속으로 들어가려는 생각'에서였다.

대학 1학년 때, 카이스트 신입생 500명 중에 여학생은 50명. 그중에서도 소연이 속한 '기계공학과'는 절대적으로 남학생의 학과였다. 남학생이 한두 명 수업에 빠지는 건 누구도 신경 쓰지 않았지만, 여학생이 빠지면 바로 표시가 났다. 남학생과 여학생이 똑같은 행동을 한다고 해도, 여학생의 행동은 곧바로 화젯거리가 되었다. 호기심 가득 찬 900개의 눈동자가 50명 여학생을 좇고 있었다!

남학생과 여학생 구분 없이 함께 연구실에서 밤을 새워야 하는 일도 허다했다. 여학생이라고 봐주는 일도 없었고, 소연도 '여자'라는 이유로 어려운 일에서 빠지겠다는 생각을 하지 않았다.

오히려 공동 과제를 낼 때면, 다른 사람들이 어려워하거나 귀찮아하는 부분을 자신이 맡겠다고 자청했다. 시험 공부를 할 때도, 자신이 공부한 것을 다른 학생들과 나누는 일에 인색하지 않았다. 남학생과 경쟁하는 것은 엄연한 현실이지만, 그 경쟁자와 협력하는 것이 자신의 발전에 도움이 된다는 것을 알고 있었던 것이다.

"'여자'이기 때문에 어떤 것에 도전할 수 없다는 한계를 생각해 본 적은 없어요. 제가 가장 싫어하는 건 사람들이 여자에 대해 갖는 선입견이에요. 무언가 좀 잘 못 할 때나 실수를 할 때 '여자들은 다 그래'라고 말하는 거…… 사람이기 때문에 실수를 할 수 있고 일을 잘 못 할 수도 있는 거지, '여자'여서 잘 못 하는 건 아니거든요. 우주인 선발 과정에 참여했을 때도, 그런 소리를 듣지 않으려고 더 열심히 했어요. 특히 팀을 짜서 테스트를 받거나 과제

를 수행할 때, 제가 잘못하면 그럴 수도 있잖아요. '그 여자 때문
에 망쳤다'고. 중간에 포기하고 싶을 때도 있었지만, 그 생각 때문
에 그만둘 수 없었어요. '여자들은 안 돼!' 라는 소리는 절대 듣고
싶지 않았어요."

이소연 박사 인터뷰 중에서

나는 '대한민국 우주인' 이다! 러시아 우주인 훈련소의 기억

"안녕? 포카혼타스!"

러시아 가가린 우주센터의 청소부 아주머니는 이소연을 '포카혼
타스'라고 불렀다. 러시아 아주머니 눈에는, 살색이 자신과 다르고
눈초리가 살짝 올라간 소연이 인디언 처녀 '포카혼타스'를 연상시
켰던 모양이다. 어떤 역경도 불굴의 의지로 헤쳐 나간다는 점에서는
흡사한 점이 있기도 하지만.

어쨌거나 청소부 아주머니에게는 소연이 한국 여성을 대표하는
'코리안 포카혼타스' 였다.

'아이고…… 내가 대한민국 여성이나 국민 전체를 대표할 수는
없는데…….'

처음 러시아에 갔을 때는 나름대로 '자부심' 이 넘쳤다. 3만 6천
명 중에서 뽑힌 두 명, 그중의 한 사람이 자신인데 자부심을 갖지 않
을 이유도 없었다.

그런데 조금씩 가가린 우주센터의 실상을 알아가면서, 그런 우쭐했던 마음은 흔적도 없이 사라지고 말았다.

가가린 우주센터에는 몇십 년 동안 훈련을 받은 우주인이 수십 명에 달했다. 20년 이상 훈련받은 우주인들은 "10년 정도 훈련받는 것은 기본"이라고 했다. 그들은 철저한 우주 전문가임에도 훈련을 거듭하며 우주에 대한 연구를 하고 있었다.

러시아 사람들의 '우주'에 대한 생각은 정말 특별했다. 우리나라 국민이 '통일'을 염원하는 것처럼, 러시아 국민들에게는 '우주사업'이 그런 염원이며 동시에 자부심이었다.

'아! 이래서 러시아가 세계 우주사업의 선두 주자구나' 하는 생각이 저절로 들었다.

한번은 모스크바에 있는 한국 대사관에 가기 위해 택시를 탄 적이 있었다. 택시 기사와 이런저런 이야기를 나누다가, 소연은 그가 우주선 파일럿이라는 걸 알게 됐다. 우주선 파일럿이 택시 운전을 하다니! 러시아에서 '우주인'은 온 국민이 존경하고 우러러보는 영웅인데…….

그는 딸이 장애인이어서 특수학교에 다니는데, 파일럿 월급으로는 교육비를 댈 수 없어 부업으로 택시 운전을 한다고 했다.

파일럿만이 아니었다. 중요한 로켓을 만들고 우주사업 관련 직종에 일하는 사람들 역시 모두 적은 월급을 받고 일했다. 함께 우주선에 탑승했던 러시아 우주인은, 소연이 우주에 가져갈 목록에 '색연

펜'을 쓴 것을 보고 "색깔 넉넉한 것으로 사라"라며 은근한 요청을 하기도 했다. 한국 돈으로 100만 원도 안 되는 월급을 받는 러시아 우주인들에게는 그런 물품비가 모두 부담이었던 것이다.

그렇게 경제적으로 어려운 환경, 가난한 사람들이지만 자신이 우주사업에 관련한 일을 한다는 자부심만은 누구도 따라갈 수 없었다. 우주인 훈련소의 청소부 아주머니까지도 그런 자부심에 넘쳤다.

"포카혼타스, 내 얘기를 잘 들어봐. 내가 청소를 깨끗하게 하는 것도 우주사업 발전에 기여하는 거란다. 만약 내가 청소를 깨끗하게 하지 않아서 우주인이 감기라도 걸린다면 그건 얼마나 큰 손해겠니? 그러니까 내가 하는 청소 일은 굉장히 중요한 거지!"

혼자만 잘하려는 것이 아니라, '모두 함께 노력해서 무엇인가를 이루어내려 노력하는 모습'에 소연은 감동했다. 어떤 '커다란 일'은 혼자만의 힘으로 이루어지지 않는다는 것을 러시아에서 배웠다. 혼자만 100점을 맞는 것보다, 각자 80점이라도 여럿이 힘을 합치면 얼마나 큰 위력을 발휘하는지 알게 됐다.

그런 러시아 사람들 눈에 자신이 어떻게 비칠까?

그것이 소연에게는 큰 부담이었다. 그곳에서는 개인 '이소연'이기 전에, '한국인'이었기 때문이다. 만약 자신이 뭔가 실수를 한다면, 대번에 "한국 사람은 그렇게 하더라!" 하고 흉을 볼 수도 있을 거였다.

모스크바 인근 스타 시티에 자리한 가가린 우주센터

러시아에서 우주사업 관련 직종에 일하
는 사람들은 경제적으로 어려운 가난한
사람들이지만 자신이 우주사업에 관련
한 일을 한다는 자부심만은 누구도 따라
갈 수 없었다. 혼자만 잘하려는 것이 아
니라, '모두 함께 노력해서 무엇인가를
이루려는 모습'에 소연은 감동했다.

한번은 훈련 중에 우주선이 켜져 있어야 하는 시간을 계산하는데, 갑자기 암산이 되질 않았다. 당황하니까 단순한 계산도 되지 않으면서, 머릿속이 하얘져 버벅거리고 말았다.

순간 별의별 생각이 다 들었다.

'쟤는 한국에서 유명한 공대에 다닌다는데, 왜 계산도 못하니?'

'한국 사람들은 수학에 약한가?'

사람들이 그런 생각을 하게 될지 모른다는 생각에, 소연은 식은땀을 삐질삐질 흘리며 열심히 설명했다.

"한국 애들이 다 이러는 건 아니야! 내가 워낙 덧셈, 뺄셈에 약해서 그래……."

신문과 방송에서는 대한민국 우주인 후보들이 짧은 시간에 '러시아어'까지 익혀서 자유롭게 의사 전달을 한다고 보도했지만, 유난히 꼬불꼬불 미끄덩한 러시아어가 만만하게 됐을 리는 없다.

미국 우주인들은 아예 러시아어를 배우고 와서 처음부터 유창한 러시아어로 대화했다. 하지만 난생처음 러시아어를 공부하는 이소연과 고산 후보는 진땀을 빼야 했다. 러시아어 수업만 하루 네 시간이었다.

소연은 언어와는 거리가 좀 있는, 확실한 이과형 인간이었다. 대학원에서 석사 과정을 공부할 때 필요한 토플 점수도 딱 턱걸이를 해서 받았다. 지도 교수님은 소연의 영어 점수를 보며 고개를 내저

으셨다.

"야아, 이렇게 점수 맞추기도 힘들겠다……."

어쩌다 학교를 방문하는 외국 손님 때문에 소연이 영어 자료라도 만들게 되면, 교수님은 못 미더운 듯이 확인하셨다.

"너 토플 점수가 몇 점이지?"

중학교 때부터 줄기차게 공부해 온 영어와도 완벽하게 친하지 못한데, 이젠 러시아어라니!…… 그것도 '이건 얼마입니까?' '당신은 미남이군요!' 같은 초급 생활 러시아어가 아니라, 우주에 관한 교재를 읽고 강의를 이해할 만큼의 수준 있는 러시아어 실력이 필요했다.

아니, 그 이전에 우유라도 사 먹기 위해서는 러시아어가 필수였다. 처음 가게에 갈 때는 러시아어로 '대본'을 써가지고 갔다.

"음…… 계란 세 개, 우유 두 개 주세요!"

가게 주인 아주머니는 '땡큐' 같은 간단한 영어도 못 알아들었다. 의사소통이 가능한 것은 오직 러시아어뿐이었다. 러시아어를 잘 못하니까, 어지간한 일에는 무조건 '스파시바!고맙습니다'를 외쳤다. 덕분에 주변 사람들로부터 "한국 사람들은 참 인사성이 밝다"는 칭찬을 들었다.

그러나 인사성 밝다는 칭찬을 듣기 위해 러시아까지 간 것은 아니었다. 두 우주인 후보에게는 '대한민국 최초의 우주인'으로서, 조금이라도 더 배우고 스스로 발전해야 하는 막대한 임무가 있었다.

"아주 쉽게 설명하면, 러시아 우주인 훈련소는 '로켓을 탈 수 있는 면허'를 따는 운전면허 학원 같은 곳이에요. 우리가 보통 컴퓨터를 사용하는 건, 인터넷으로 검색을 하고 이메일을 쓰고 그런 거죠. 컴퓨터를 사용한다고 컴퓨터 조립하는 것까지 배워야 할 필요는 없는 거거든요. 우주인으로서 훈련을 받는 것도 마찬가지예요. 우주선을 타고 지구와 우주를 오가는 방법, 우주에서 자신의 임무를 어떻게 수행할 것인가…… 그런 기능들을 배우는 거죠."

이소연 박사 인터뷰 중에서

우주 비행을 위한 이론 교육, 소유스호 및 국제우주정거장International Space Station (ISS)에서의 행동 훈련, 만약을 대비한 생존 훈련과 우주 적응 훈련, 우주에서 수행할 과학 임무에 대한 훈련 등을 받았다. 러시아에서 훈련을 받으면서 깨달은 건, '눈앞에 닥치면' 그리고 '스스로 해내겠다는 의지만 있으면' 세상엔 못 할 게 없다는 거였다.

지구에 산다는 것은 감사한 일

"지구는 파란색이다."
인류 최초의 우주인 유리 가가린은 지구가 파랗다고 말했다.

최초의 여성 우주인 발렌티나 테레시코바의 우주에 대한 소감은, 완전히 한 줄의 시다.

"나는 갈매기다."

테레시코바는 가난한 직물 공장 기술자였지만 가가린에 감명받아 우주인이 되는 꿈을 꾸었고, 마침내 그것을 이루어냈다. 당시 소련의 서기장이었던 흐루쇼프는 테레시코바의 성공을 두고 "여성이 남성보다 약하다는 주장은 허구"라는 말을 하기도 했다.

어쨌거나 '나는 갈매기다'라는 그 말은 너무 멋졌다!

이소연도 우주에 가기 전부터 고민했다. 우주에 가면 뭐라고 소감을 말하지? 사람들을 감동시킬 그런 말을 할 수 있을까?…… 주변 사람들은 "우주에 가면 저절로 생각날 것"이라고 말했다.

'그래, 우주에 가면 뭔가 멋진 말이 떠오를 거야……'

그러나 소유스호가 마침내 우주 궤도에 진입했을 때, 그는 어떤 특별한 말도 생각할 수 없었다. 그저 '와', '우아' 하는 감탄사만 쏟아져 나왔다. 이소연 자신은 "스스로 평범한 사람임을 깨달았다"고 하지만, 그 순간 절로 터져 나온 감탄사야말로 가장 솔직한 소감이었을지 모른다.

소유스호는 50시간 정도를 비행한 끝에 국제우주정거장에 도착했다. 국제우주정거장은 지구로부터 350킬로미터 위에 떠 있다. 직선거리로 계산하면 서울에서 부산 정도의 거리다. 우주정거장 도킹을 위해 지구를 34바퀴 돌며 세밀하게 위치 접근을 한다.

우주에 머무는 동안 우주인은 8시간씩 자야 한다. 잘 자고 건강한 상태를 유지하는 것도 의무다. 그러나 무중력 상태에서는 잠을 자는 것도 어려운 일이라, 처음에는 서너 시간 잠들기도 힘이 들었다.

수십조 원에 달하는 우주정거장…… 우주인의 한 끼 식사는 약 40만 원 정도, 그걸 운송하는 비용은 몇백만 원이 든다. 사용하는 화장실은 몇십억짜리다. 우주에서 먹고 자고 배출을 하는 데는 상상을 초월하는 비용이 필요하다.

그런 우주 생활을 경험하며 뼈저리게 느낀 것은 '지구에 산다는 것이 얼마나 감사한 일'인가 하는 것이었다.

"비싼 우주 생활을 해보니까, 지구에 산다는 것이 얼마나 감사한 일인지를 알겠더라고요. 지구는 우리에게 공짜로 주는 것이 정말 많은데, 내가 그런 지구에 살 자격이 있는 사람인가…… 소중한 생명을 영유할 수 있는 지구에 사는 것만으로도 엄청난 행운인데, 우리는 그 감사함을 모르고 불평이 많잖아요. '나는 왜 머리가 나빠?' '우리 부모님은 왜 부자가 아니야?'…… 항상 부족한 것만 세고 있죠. 지구에 살면서 많은 혜택을 받는데, 나는 베풀지 않았다는 반성도 하게 됐어요. 누군가 우리에게 '지구라는 별'을 선물했다면, 우리는 아껴 쓰고 잘 보존해서 다음 세대에게 물려

쥐야 할 의무가 있는데 그런 의무도 잘 실천하지 못하고 있죠. 우
주에서 그런 많은 것들을 반성하고 뒤돌아보게 되더라고요."

하지만 우주를 바라보며 생각하고 반성할 시간조차 넉넉하지 않
았다. 이소연 박사에게는 우주정거장에 머무는 열흘의 시간 동안 무
려 18가지의 연구 과제를 수행해야 하는 임무가 있었다. 어린 학생
들과 함께 하는 실험은 우주정거장과 지구를 위성으로 연결해 중계
가 되었다. 미생물, 화학, 전자 등, 자신의 전공과 거리가 먼 실험들
도 있었다. 그 많은 실험들을 모두 진행하기 위해, 시간을 분 단위로
쪼개 썼다.

가장 널리 알려진 '초파리에 대한 실험'은 결과가 좋았다. 초파리
실험은 무중력 무방비 상태의 우주에서 초파리의 DNA, 행동 변화
를 관찰하는 실험이었다. 매일 낮에는 불을 켜주고 밤에는 불을 끄
며, 상태를 관찰하고 사진을 찍었다. 다른 나라의 실험에서는 초파
리가 살아서 돌아온 경우가 없었지만, 이소연 박사가 실험한 초파리
는 많은 수가 살아서 돌아왔다.

보통 다른 나라 우주인들은 8가지 정도의 연구 과제를 가지고 간
다. 한번에 18가지의 실험을 가지고 간 것은 이소연 박사가 처음이
었다. 하지만 철저한 준비를 해가지고 간 덕에, 각 연구마다 성과를
가지고 올 수 있었다.

• • •

"나는 대한민국 우주인이다!"

이소연에게는 '대한민국 최초의

우주인'으로서 조금이라도 더 배

우고 스스로 발전해야 하는 막대

한 임무가 있었다. 또한 우리 연

구자들을 대신해서 수행해야 하

는 18가지의 실험도 있었다.

우주정거장에서의 열흘이 지나고 지구로 돌아오기 전, 남아 있는 러시아 우주인들에게 편지를 썼다. 편지에는 가지고 간 색연필로 그림도 그렸다. 편지를 받은 우주인들은 "네 덕분에 즐겁게 임무를 수행할 수 있었다"며 행복해했다.

현재 이소연 박사는 한국항공우주연구원 소속 연구원으로 우리나라 우주사업 발전을 위한 연구에 참여하고 있다.

우주 관련 사업은 로켓을 쏘는 것만이 목적은 아니다. 로켓 하나를 쏘아 올리는 데 드는 천문학적인 비용을 생각할 때, 로켓을 발사하는 일은 어쩌면 우리에겐 비현실적인 일인지 모른다. 우주선 발사 자체보다는, 우주사업에서 우리 대한민국만의 영역을 개척해 가는 것이 숙제다.

일본이 우주선을 직접 발사하지 않으면서도 미국이나 러시아 같은 우주선 발사 국가에 당당한 것은 '영상 기술'에 관한 한 일본이 독점적인 위치를 확보하고 있기 때문이다. 우리나라도 대한민국만의 특별한 영역을 개발하면 된다. 그것이 지금 우리가 해야 할 우주개발 사업이다.

긍정적 사고는 불운도 행운으로 바꾼다

대한민국 5천만 중에서 딱 한 사람이 누릴 수 있는 영광. 3만 6천 명의 도전자 중에 간추리고 간추려서 선발한 단 한 명. '그 한 명'이 된다는 건, 상상도 할 수 없는 행운이다. 어떤 사람들은 그런 행운은 너무 대단한 것이어서, 자신의 것이 될 수 없다고 일찌감치 포기해 버리기도 한다.

이소연 박사는 과연 행운아였을까?

우주인이 되기 전까지, 이소연 박사는 그다지 운 좋은 사람이 아니었다. 아니, 오히려 지독하게 운이 없는 쪽이었다.

대학원 시절, 두 달 동안 밤잠도 못 자고 매달렸던 실험이 있었다. 드디어 실험 마지막 날…… 그날의 결과만 보면 실험은 끝이었다. 그런데 거짓말처럼 정전이 돼버리는 바람에 두 달 연구가 물거품이 된 적이 있었다. 어이가 없었다.

그래도 그 정도는 나았다. 실험에 꼭 필요한 재료를 싣고 오던 차가 사고 난 적도 있었다. 하필 그날 꼭 써야 하는 재료였다. 그날 받지 못한 재료 때문에, 3년이나 공들였던 실험이 수포로 돌아갔다. 하도 불운한 일들이 계속돼서, '누군가 쫓아다니며 발목을 잡는 것 같다'는 생각에 우울했었다.

UC 버클리로 유학을 갔을 때, 소연은 장학금을 받고는 있었지만 개인적으로 아르바이트도 해야 했다. 매달 지급되는 장학금은 1,200달러인데, 기숙사비가 1,180달러였다. 장학금 받아서 기숙사비를 내고 나면 달랑 20달러가 남았다. 생활비와 책값을 벌기 위해서는 아르바이트를 하지 않으면 안 됐다. 소연은 열심히 인터넷으로 아르바이트를 해서 필요한 생활비를 벌었다.

솔직히, 부모님 덕에 편하게 유학 생활 하는 친구들이 부러울 때도 있었다. 그런 친구들은 샌프란시스코까지 가서 쇼핑을 하기도 했다. 그 친구가 사가지고 온 비싼 핸드백을 보면서 소연은 생각했다.

'저 핸드백 값이면 나는 6개월을 먹고살 텐데…… 보고 싶은 책도 실컷 사고…….'

결코 핸드백이 부러웠던 것은 아니다. 그 친구들이 누리는 여유가 부러웠던 것이다.

'내게도 저런 여유가 주어진다면, 더 많은 것들을 경험할 텐데…….'

새로운 것에 대한 호기심 많기로 둘째가라면 서운할 소연에게, 견디기 힘든 또 하나의 욕구는 '여행'을 가고 싶은 것이었다. 생활비도 빠듯한데 가보고 싶은 곳은 너무 많았다. 보는 것마다 경이롭고 하나하나가 공부였다.

주머니 속 동전 소리만 들으며 신세 한탄하고 있을 이소연이 아니었다. 사람들이 잘 타지 않는 새벽 4시의 기차, 늦은 시간의 마지막 비행기…… 싼값에 살 수 있는 그런 티켓으로 여행을 다녔다. 여행

지에서 먹고 자는 비용은 무조건 아는 사람을 찾아가는 것으로 해결했다. 아는 사람이 없는 도시는, 소개를 받아서라도 숙식을 해결할 곳을 만들었다. 빈대도 그런 빈대가 없었다.

여기서 빛나는 이소연의 신념 또 하나, '비록 다른 사람에게 밥을 얻어먹게 되고 신세를 지게 되더라도, 절대 비굴해지지 말자!'라는 것. 뻔뻔해지자는 이야기가 아니다. 당당하고 떳떳하게 행동하자는 것이다.

소연은 눈치 보며 주눅 들지 않고, 방긋 웃는 얼굴로 "미안! 신세 좀 질게", "고마웠어. 다음에 또 보자!" 하며 손을 흔들었다.

"그런 어려웠던 기억, 그것을 견뎌낸 경험들이 나중에 우주인 선발 과정과 훈련에서 모두 힘이 됐어요. 저는 어려움을 경험하지 못한 사람은 강해지지 못한다고 생각해요. 지금보다 어렸을 때, 가정 형편이 풍족한 아이들을 부러워한 적도 있었어요. 그런 애들은 외국에 가서 영어 연수를 받고 오기도 하는데, 저는 동생도 둘이나 있고…… 학원 다니는 것도 부담스러운 형편이었거든요. 그러니까 혼자서 더 이 악물고 공부할 수밖에 없었던 거죠. 그런 끈기, 어려운 여건을 꼭 이겨내려는 의지…… 그것들이 제 생명력이 됐다고 생각해요."

이소연 박사 인터뷰 중에서

예전에 어떤 교수님이 이런 말씀을 하신 적이 있었다.

"피나는 노력의 결과는 어느 날 행운처럼 다가온다."

처음 그 말을 들었을 때는 그 말이 어떤 의미인지를 알지 못했다. 그러나 모든 '현명한 말'에 대한 이해가 그렇듯이, 소연도 시간이 흐르고 많은 것들을 경험하며 그 말의 진정한 의미를 알 수 있었다.

피나는 노력의 결과는 어느 날 행운처럼 온다는 그 말은, '노력한 기간이 워낙 길어서 그 결과가 우연한 행운처럼 여겨질 뿐, 모든 행운은 노력의 결과'라는 멋진 말이었다. 성공한 사람들은 '그저 운이 좋았을 뿐'이라고 겸손하게 말하기도 한다. 그러나 성공이란 결코 우연하게, 요행으로 이루어지는 것이 아니다. 아무리 많은 '포크'를 부적으로 가지고 있어도, 공부하지 않으면 시험 점수는 오르지 않는 것처럼.

자신의 한계를 극복하려 노력하고 긍정적인 마음으로 도전하는 사람만이 행운을 부를 수 있다는 걸 잊지 말아야 한다.

"실패를 두려워하지 말고 하고 싶은 모든 일에 도전하세요!"

　우주에 다녀온 뒤 학생들과 만날 기회가 많습니다. 학생들이 제게 가장 많이 하는 질문 중 하나가 '공부 방법'에 관한 것이에요. 학생들은 제가 대한민국 최초의 우주인이니까, 학교에 다닐 때 오직 공부만 하는 모범생이나 '엄친딸'이었을 거라고 생각하는 모양이에요. 솔직히 그런 기대를 가진 사람들을 볼 때면 살짝 미안한 마음이 듭니다.

　저는 학교에 다닐 때 공부만 하는 모범생은 아니었어요. 이 이야기를 듣고 어떤 학생은 김빠진다고 할지도 몰라요. "1등 하는 것들은 (^^;) 꼭 하루 6시간씩 자고, 공부는 교과서에만 충실했어요" 이런 뻔한 소리를 한다며 저를 미워할지도?…… 그런데 저는 정말 그런 1등은 아니었답니다. 물론 학생이니까 공부는 기본적으로 해야 하는 만큼 했지만, 다른 관심사들도 많았어요.

　초등학교 때는 합창단 활동을 하며, 노래하는 게 좋아서 음악을 공부해 볼까 생각했었죠. 레슨도 받고 콩쿠르에도 나가 보고. 어머니께 "음대에 가면 어떨까?" 말씀드렸더니, 어머니는 "네가 하고 싶다면 말리지는 않겠지만, 그냥 좋아서 하는 거랑 그걸 직업으로 하는 것은 차이가 있다"라고 하시더군요.

어느 날 TV에서 의사와 변호사 같은 전문 직종의 사람들로 구성된 명사 합창단이 공연하는 모습을 보게 됐어요. 굉장히 멋지더군요! 그래서 바로 결심을 바꿨죠.

'직업은 내가 더 잘할 수 있는 일을 하고, 음악은 취미로 하자.'

고2 때는 한동안 '디자인'에 관심이 생겨, '산업디자인학과'에 가려고 준비도 했었어요. 그런데 미술 학원에 다니며 디자인 공부를 해본 결과, 예술 계통이 재미는 있지만 제게 천재적인 재능은 없다는 것을 알게 됐죠. 겸허하게 저의 한계를 받아들였습니다.

친구들은 제게 "뼛속까지 공돌이"라고 놀리는데, 그러면 제가 음악이나 미술처럼 다른 것에 관심을 가지고 거기에 쓴 시간은 헛되었던 것일까요?

저는 그렇게 생각하지 않습니다. 이제까지 무얼 했건, 앞으로 무엇을 하건, 의미가 없는 일은 하나도 없습니다. 많은 경험은 사람을 넓고 깊게 만들어주니까요.

제 경우도 그렇습니다. 음악이나 미술에 관심을 가지고 조금이라도 공부를 한 것은 제 삶을 풍요롭게 만들어주었고, 올림픽에 나갈 것도 아니면서 열심히 익혔던 태권도와 농구는 제 몸을 건강하게 만드는 것은 물론, 강인한 정신력을 키워주었습니다. 건강한 몸과 정신력을 가진 덕분에, 엄청난 경쟁자들을 물리치고 우주인에도 선발될 수 있었죠.

저는 청소년 여러분에게 "자신이 해보고 싶은 모든 일에 과감하게 도전해 보라"는 말을 꼭 하고 싶습니다. 그것이 좀 무모한 도전이라 할지라도, 움츠러들지 말고 과감하게 도전해 보세요! 자신이 꼭 하고 싶은 일이라면, 더 열심히 노력하게 될 것이고, 그러면 조금이라도 꿈에 가까이 다가가지 않을까요?

또 좀 실패를 했더라도, 지나치게 실망해 주저앉지는 말았으면 합니다. '이게 아니었다' 싶을 때는, 다시 시작하면 되니까요. 지금 잠시 주춤해서 남보다 1~2년 시간을 더 쓴다고 해도, 인생 전체를 두고 볼 때 그 1~2년은 짧은 시간이거든요. 너무 빨리 목표에 도달하려고 하지 않았으면 좋겠습니다.

결과에 대해서도 '얼마나 성공했는지'를 가늠하려 하지 말고, 내 자신에게, 스스로의 평가에 당당한가를 생각해 보았으면 좋겠어요.

"내 모든 삶은, 내가 지켜보고 있다."

다른 사람에게 인정받는 것이 중요한 게 아니라, 스스로 평가했을 때 자신에게 당당한가를 묻는 이 말은, 제 인생의 모토입니다.

제가 음대에 가고 싶다고 했을 때도, 법대에 간댔다가 카이스트에 가겠다고 마음을 바꿨을 때도, 어머니는 늘 같은 말씀을 하셨어요.

"네가 원하는 걸 해라. 단, 네가 선택한 일에 대해 최선을 다하고, 실패하더라도 다른 사람 탓을 하면 안 된다."

이건 정말 무서운 이야기죠. 선택도 네가 하고, 결과에 대한 책임도 네가 져야 한다…….

수재들만 모인다는 카이스트에서도 전공이 적성에 맞지 않아 고민하는 친구들이 많았습니다. "엄마가 카이스트 가래서 왔는데, 이게 뭐야?” 이런 푸념을 하는 친구들은, 스스로 무엇을 하고 싶은가에 대한 고민이 부족했던 것이라고 봅니다. 저는 공부가 너무 힘들어 지칠 때도 있었지만 포기하겠다는 생각은 해본 적이 없답니다. ‘내가 선택한 길’이니까요!

또 하나 청소년 여러분에게 꼭 하고 싶은 이야기는 ‘사람을 소중하게 생각하고 좋은 친구를 많이 사귀라’는 것입니다.

저도 학창 시절을 경험했지만, 요즘 학생들은 지나치게 경쟁에 집중한 나머지, 친구조차 경쟁자로만 여기는 경우가 많은 것 같아요. 그런 모습을 볼 때, 참 안타깝습니다.

세상에서 가장 쉬운 일은 ‘돈’으로 하는 일입니다. 반대로 세상 가장 어려운 일은 ‘사람의 마음을 움직이는 일’이라고 생각합니다. 아무리 돈이 많아도 돈으로 친구를 살 수는 없습니다. 이런 이야기를 하니까, 어떤 친구들은 “요즘은 돈만 있으면 친구도 따라와요” 하고 말하던데, 그런 친구가 어디 진정한 친구인가요? 내가 잘났을 때나 못났을 때나, 내가 부자이거나 가난하거나, 한결같을 수 있는 사람…… 내 마음을 보여주고 나눌 수 있는…… 그런 사람이 진정한 친구죠.

저는 누군가 ‘친구와 대학 중에 하나만 선택하라’면 당연히 ‘친구’를 선택할 겁니다. 여러분이 좋은 친구를 많이 두어서, 인간적으로 행복하고 넉넉한 삶을 만들기 바랍니다.

무한대로 꿈꾸고, 멋지게 도전하세요!

07

홍수인

2008년 11월 3일, 홍수인 기장은 동료 신수진 기장과 더불어 여성으로는 최초로 '기장'이 되는 꿈을 이루었다. 우리나라 민간 항공기 역사상 최초였다.

어려서부터 '푸른 하늘'이 좋았다.
'언젠가는 저 하늘을 날아볼 거야……'
그냥 이유 없이 파란 하늘이 좋았고
하늘을 나는 게 꿈이었다.

575

2008년 11월 12일, 서울에서 부산으로 향하는 대한항공 보잉 737편.

비행기가 이륙하고 잠시 뒤, 기장의 기내 방송이 시작되었다.

"여러분, 안녕하십니까? 저는 오늘 여러분을 부산까지 모실 홍수인 기장입니다……."

신문을 보거나 옆자리의 사람과 이야기를 나누던 승객들은, 스피커에서 들려오는 기장의 목소리에 귀를 기울였다. 경쾌하면서도 단단한 느낌의 여자 목소리였다.

"어, 여자 목소리잖아?"

"기장이 여자인가 봐!"

"엉? 여자 기장도 있었단 말이야?"

사람들의 반응은 각각이었다. 신기해하며 승무원에게 기장에 대해 묻는 사람도 있었고, 어떤 사람은 "신문에서 봤다"며 마치 자신의 일인 양 즐거워하기도 했다.

홍수인 기장은 부드럽고 안정감 있는 목소리로 마무리 멘트를 이어갔다.

"오늘 목적지인 부산까지 여러분을 안전하게 모실 것을 약속드리며, 승객 여러분께서도 편안한 여행이 되길 바랍니다. 감사합니다."

기장 방송이 끝나자 기내에는 큰 박수 소리가 터져 나왔다. 콘서트장에서처럼 "브라보"를 외치는 사람, 승무원을 불러 '기장 사인을 받아달라'고 요청하는 사람도 있었다.

보잉 737 조종간을 잡은 그날의 기장은, 대한민국 민간 항공기 최초의 여성 기장 홍수인. 이날은 그가 기장으로 임명된 뒤, 첫 비행을 한 날이었다. 마이크를 내려놓는 홍수인 기장의 손이 가늘게 떨렸다. 흥분하지 않으려고 스스로 마음을 다잡고 있었지만, 역사적인 순간을 맞는 그의 가슴은 뜨거웠다.

대한항공의 조종사 2천여 명 중 여성 조종사는 불과 10여 명밖에 되지 않는다. 2008년 11월 3일, 홍수인 기장은 동료 신수진 기장과 더불어 여성으로는 최초로 '기장'이 되는 꿈을 이루었다. 우리나라 민간 항공기 역사상, 1996년 여성에게 조종사라는 직업이 개방된 이후 최초였다.

기장이 되기 위해서는, 최소 4천 시간 이상의 비행 경력, 착륙 횟

수 350회 이상, 중소형기 부조종사 임명 후 5년 경과 등, 까다로운 자격 조건을 갖추어야 한다. 그 많은 시간 땀을 흘리며 도전하고 때로는 좌절에 아팠던 기억들이 영화 필름처럼 머릿속을 스쳤다. 누구도 '그녀들이' 그것을 이루리라고 쉽게 믿어주지 않았다. 여성 조종사들에 대한 시선은 반신반의였다.

그러나 결국은 이루어냈다!

홍수인 기장은 조종간을 힘주어 당겼다. 아주 어렸을 때부터 그의 가슴을 온통 사로잡았던 '푸른 하늘'이 시야 가득 푸르게 넘쳐나고 있었다.

오직 한 가지! 하늘을 나는 꿈

어려서부터 '푸른 하늘'이 좋았다. 또래의 여학생들이 파란 하늘의 뭉게구름을 보면서 시를 지을 때, 수인은 그 하늘을 나는 생각을 했다.

'언젠가는 저 하늘을 날아볼 거야…….'

주변에 파일럿을 직업으로 가진 사람이 있어서 영향을 받은 것도 아니었다. 그냥 이유 없이 파란 하늘이 좋았고, 하늘을 나는 게 꿈이었다. 심지어 가장 좋아하는 색도 '하늘색'이었다. 누군가 '가장 좋아하는 것이 뭐냐?'고 물으면 파란 하늘을 가리키곤 했다.

수인이 아주 어렸을 때부터 푸른 하늘은 그의 가슴을 온통 사로잡았다. 기장이 되는 꿈을 마침내 이룬 순간, 그 많은 시간 땀을 흘리며 도전하고 때로는 좌절에 아팠던 기억들이 영화 필름처럼 수인의 머릿속을 스쳤다.

　처음 항공대에 진학하겠다고 했을 때, 주변 사람들은 모두 아연실
색했다. 담임 선생님의 반대가 가장 심했다. 선생님은 모의고사 성
적표를 펼쳐놓고 명문 여대의 간호학과에 원서를 쓰자고 하셨다.

　"네 점수면 여기에 충분히 붙을 수 있어. 안정된 길을 두고 왜 엉
뚱한 길로 가려고 하니?"

　선생님은 정말 안타까워서 어쩔 줄 몰라 하는 모습이었다.

　하지만 수인이 가고 싶은 것은 '안정된 미래'를 향한 길이 아니었
다. 기억도 나지 않을 만큼 오래전부터 키워온 하늘에 대한 꿈…….
그 끝에 무엇이 있을지 가보지 않고는 못 배길 것 같았다.

　유일한 지지자는 아버지 한 분이었다. 아버지는 수인이 아주 어렸
을 때부터 딸이 하고 싶어 하는 일을 반대해 본 적이 없었다. 수인뿐
아니라 다른 형제들에게도 '무엇을 하라'고 요구하는 분이 아니었
다. 대신 아이들이 하고 싶어 하는 일을 할 수 있도록 도와주시고, 그
걸 잘 해내도록 격려하는 아버지였다. 말리는 담임 선생님 대신, 아
버지는 항공대에 대한 입학 정보를 찾아주시며 "열심히 해보라"고
격려하셨다.

　사실 수인은 공군사관학교도 마음에 두고 있었다. 하지만 그 당시
공사는 여학생에게 입학 기회를 주지 않고 있었다. 항공대의 '운항
과' 역시 아직은 여학생을 선발하지 않던 때였다. 항공대에서는 '현
재는 운항과에 여학생을 뽑지 않지만, 조만간 바뀔 것'이라며 '일단
입학한 뒤 나중 전과_{전공을 바꾸는 것}를 하면 되지 않겠느냐'고 가능성을

열어두었다. 그게 몇 퍼센트의 가능성인지도 가늠하기 어려웠지만, 수인은 항공대 진학으로 마음을 굳혔다.

"차선책으로 전자공학을 선택했는데, 막상 들어가서 공부를 해 보니까 진짜 적성이 맞질 않는 거예요. 막연히 하면 될 거라고 생각했었는데, 그게 얼마나 어리석은 생각이었는지를 알았어요. 일도 그렇지만, 공부 역시 '적성'이 맞아야만 흥미가 생기고 열심히 하게 되는 건데 그걸 몰랐어요. 전공엔 흥미도 없고, 머릿속 엔 비행에 대한 생각뿐이고……. 창피한 이야기지만 대학 때 별로 공부를 하지 않았어요. 그런데 단 한 번도 내가 꿈을 이루지 못할 거라는 생각은 해본 적이 없어요. 무슨 종교처럼, '나는 언젠가는 꼭 하늘을 날고 말 거야'라는 신념이 있었죠."

홍수인 기장 인터뷰 중에서

대학을 졸업하고 유명한 대기업 반도체 회사에 취직했다. 이제 정말 여느 평범한 사람이라면 자신의 앞날을 생각하며 궤도 수정을 고려해 볼 만도 했다. 그 반도체 회사는 다른 대학 졸업자들에게는 선망의 직장이었다. 전공인 전자공학을 살려서 열심히 일을 해볼 수 있는 새로운 기회였다. 그러나 홍수인의 마음속에는 전혀 다른 계획이 세워져 있었다.

'3년만 열심히 일하는 거야.'

3년 동안 돈을 모은 다음에는 미국에 갈 생각이었다.

조종사가 되는 길은 세 가지가 있었다.

첫째, 공군 출신의 조종사가 되는 것.

둘째, 비행훈련원에 들어가 조종사 훈련을 받는 것(당시 비행훈련원에 들어갈 수 있는 자격 요건 역시 '군필의 남자'로 제한이 있었다).

셋째, 외국에 나가 개인 면장 조종사 자격증을 취득한 다음, 항공사에 입사해 경력을 쌓는 방법.

수인은 미국에 가서 '자가용 비행기 자격증'을 취득할 생각이었다. 그런 다음 한국으로 돌아와, 다시 항공기 조종사에 도전하는 야심 찬 계획을 세우고 있었던 것이다.

생존 본능, 적극성, 독립심 홍수인을 설명하는 것들

홍수인은 마음에 둔 일은 꼭 해내야만 직성이 풀리는 적극적인 아이였다. '욕심'도 둘째가라면 서러웠다. 선생님 심부름을 할 때도, 운동회에 나갈 달리기 선수를 뽑을 때도, 수인은 가장 먼저 손을 들었다.

초등학교 때, 수인은 꼭 '반장'이 되고 싶었다. 그러나 반장은 늘 남자아이 차지였다. 모두 그걸 당연한 일로 여기는 게 견딜 수 없었다. 공부로 경쟁을 해도, 다른 아이들을 이끄는 대장 역할도, 학급 환경 미화도…… 어떤 것에서든 가장 잘할 자신이 있었는데, 왜 반장만은 남자아이 차지가 되는지 이해가 되질 않았다.

반장 선거가 있는 날이면 수인의 집은 초긴장 상태였다. 결과가 뻔할 거란 걸 알면서도, 반장이 되지 못하고 돌아온 수인은 엉엉 소리를 내며 한나절씩 울어댔던 것이다. 초등학교 2학년부터 6학년까지 수인은 번번이 '부반장'에 만족해야 했다. 그때마다 이 알지 못할 남녀 역할의 차이에 반문했다.

'왜? 왜 꼭 남자가 반장이어야 하는 거지? 여자가 남자보다 못하다는 건가?'

그러나 이내 고개를 저었다.

'아니야! 여자라고 못 할 일은 없어. 나는 그런 생각을 깨고 말 거야!'

씩씩하고 당찬 수인은, 불합리하거나 부당하다고 생각하는 일에 대해서는 결코 그냥 넘어가는 법이 없었다. 그래서 생긴 웃지 못할 일도 많았다.

초등학교 시절, 피아노 학원에 다닐 때였다. 수인은 무엇이든 배우는 걸 좋아하고, 또 한번 시작하면 남보다 잘한다는 생각이 들 만큼 해야만 만족했다. 한마디로 경쟁심 넘치는 욕심쟁이였다. 수인은 그때 체르니 100번을 열심히 치고 있었다. 그런데 어느 날 학원에 갔더니, 자신보다 늦게 학원을 다니기 시작한 한 친구가 훌쩍 앞서 체르니 30번을 치고 있는 것이었다.

'어라? 이건 뭐지? ……왜 쟤가 나를 앞질러 가는 거야?'

수인은 당장 선생님께 달려갔다. 주먹을 꼭 쥐고 자신의 생각을 이야기하려는데, 목소리가 떨려 나왔다.

그날 수인의 항의는 이런 내용이었다.

'이건 정말 아니다. 있을 수 없는 일이다! 나도 체르니 30번을 치게 해주든가, 아니면 저 친구가 체르니 100번을 치든가…… 공평하게 해달라!'

얼마나 억울했던지, 중간쯤에는 아예 울음이 터져 꺽꺽 흐느끼는 소리를 섞어가며 그 이야기를 했다. 선생님은 어이가 없다는 듯 수인을 바라보면서도 뭐라 말을 하지 못했다.

며칠 후 수인이 피아노 학원에 갔을 때, 그 친구는 다시 체르니 100번을 치고 있었다.

"지금 생각하면 진짜 황당한 거죠. 그 친구가 저보다 실력이 뛰어나서 진도를 앞지를 수도 있었던 건데, 저는 무조건 제가 지는 것만 싫었던 거예요. 정말 과격한 경쟁심이었죠. 왜 그랬을까 가만히 생각해 보면, 제가 '둘째'라는 것에도 이유가 있었던 것 같아요. 제 위로는 저와 달리 여성스럽고 예쁜 언니가 있었고, 밑으로는 나이 차이가 많이 나서 사랑을 듬뿍 받는 남동생이 있거든요.
그 둘 사이에 끼여 있으니까, 무엇이든 잘해서 나의 존재감을 증
명해 보여야 한다는 생존 의식이 남보다 더 컸어요."

일종의 '둘째 콤플렉스'였다. 형제 중간에 끼여서 언니와의 관계
에서는 "네가 동생이니까 참아라", 동생에 대해서는 "누나인 네가
참아야지"…… 이런 샌드위치 감정에 갈등을 느끼는 것이 둘째들의
비애다.

어떤 사람은 이런 갈등을 못 이기고 형제와 부모를 원망하는 삐뚠
감정으로 어긋나기도 한다. 그러나 홍수인은 자신의 둘째 콤플렉스
를 인정하고, 오히려 생명력이 강한 사람으로 성장하는 밑거름으로
삼았다.

지금도 그는 그 같은 생존 본능이 결코 나쁘지 않았다고 말한다.
자신 앞에 주어진 문제를 어떻게건 해결하고 마는 문제 해결 능력이
수인을 강하게 만들었다. 조종사가 되는 과정에도 그 같은 생존 본
능은 큰 도움이 되었다. 물론 그때 자신 때문에 거꾸로 체르니 100
번으로 돌아가야 했던 친구에 대해서는 엄청난 미안함을 느끼고 있
지만 말이다.

수인은 십대 시절 내내 초절정 명랑 소녀였다.

친구들과 공부한다며 도서관에 가서 자리만 맡아놓고, 신림동 순대 시장까지 순대를 먹으러 가는 건 일상생활이었다. 극기 훈련에 선생님들이 금지시킨 '성인용 음료수'를 가져가 반성문을 50장이나 썼던 적도 있다. 심지어 중학교 2학년 때 수인의 반 아이들은 얼마나 장난이 심했던지, 담임 선생님이 학기 중간에 담임을 포기하는 일까지 있었다. 수업 시간을 오락 시간화하는 것은 보통이고, 선생님이 가장 질색하는 '닭발'을 던지는 장난으로 선생님을 울면서 뛰쳐나가게 만들었다. 수인은 공부도 1등, 장난도 1등이었다.

'명랑'과 '문제' 사이를 아슬아슬하게 줄타기하는 것 같은 수인이었지만, 자기만의 룰은 엄격히 지켰다. 그 룰은 '자신이 해야 할 일은 스스로 알아서 한다'는 것이었다. 그건 반대로 '하지 않아야겠다'고 생각한 일에 대해서는 절제를 할 줄도 안다는 이야기였다.

수인이 그렇게 능동적이고 독립적인 사람이 된 데는 어머니의 영향이 컸다. 어머니는 '능동적이지 못한 사람'을 가장 값어치 없는 인간으로 여기셨다. '공부하라'는 소리는 별로 하지 않으셨지만, 자신이 해야 할 일을 알아서 하지 못했을 때는 곧바로 엄한 꾸지람이 떨어졌다.

"다른 사람으로부터 '해라' '마라' 소리를 듣고 움직이는 것은 창피한 일 아니냐? 누가 시키기 전에 네 스스로 알아서 해라."

어머니의 그 같은 교육은 일찌감치 수인을 능동적이고 독립적인 사람으로 만들었다.

"고3 때까지 과외 한 번 하지 않고 스스로 공부를 한 것도 '내 힘으로' 해보겠다는 생각 때문이었어요. 대학 때는 내내 아르바이트를 해서 등록금을 벌었죠. 가정 형편을 생각해서 그렇게 한 것도 있었지만, 굳이 부모님 형편이 아니더라도 등록금 정도는 당연히 스스로 해결해야 한다고 생각했어요. 스무 살이 넘었는데 부모님께 의존한다는 건 창피한 일 같았어요." 홍수인 기장 인터뷰 중에서

시에라 비행학교의 호랑이 교관

무언가 간절히 원하면 온 지구가 도와준다고 했다.

반도체 회사에 다니며 열심히 미국 갈 돈을 모으고 있을 때, 드디어 그토록 기다리던 소식이 들려왔다. 대한항공 훈련원에서 그간 '군 복무를 마친 남자'로 제한하던 자격 요건을 폐지하고, 여성에게도 입학 기회를 주기 시작한 것이다(지금은 항공대로 비행훈련원이 이관됐다).

1994년, 홍수인을 포함한 세 명의 여성이 최초로 비행훈련원에 들어갔다. 비행훈련원에는 다양한 전력을 가진 사람들이 모여 있었다. 수인처럼 회사에 다니다 온 사람, 체육학과 출신, 경찰대학을 졸업하고 다시 비행훈련원에 들어왔다는 사람도 있었다. 출신은 각기 달랐지만, 자신의 적성을 찾아 비행훈련원에 모였다는 점에서는 공

고등학교 수학여행

• • • •

수인은 십대 시절 내내 초절정 명랑 소녀였다. 친구들과 공부한다며 도서관에 가서 자리만 맡아놓고, 신림동 순대 시장까지 순대를 먹으러 가는 건 일상생활이었다. 중학교 2학년 때는 수인의 반 아이들이 얼마나 장난이 심했던지, 담임 선생님이 학기 중간에 담임을 포기하는 일까지 있었다. 수인은 공부도 1등, 장난도 1등이었다.

통분모가 있었다.

훈련원에 들어가기 위해서는 3개월 동안이나 계속되는 시험을 거쳐야 했다. 영어, 일반 상식, 과학 상식 같은 기본적인 시험과 함께, 운동 반응, 심리 테스트, 시뮬레이터, 적성검사, 신체검사 등 다양한 단계를 거쳤다. 조종사는 무엇보다 건강한 신체를 요구하는 일이라, 일반 기준치보다 다소 강도 높은 신체검사가 이루어진다. 난생처음 타보는 신기한 '시뮬레이터'실물 항공기 조종석과 똑같이 만든 것. 조종 훈련에 사용는 기본적으로 비행 자질이 있는가를 알아보는 테스트였다.

매번 과정이 끝나면 시험을 치르고, 시험이 발표되면 절반 정도의 사람들이 떨어져 나갔다. 그리고 다시 반복되는 시험, 발표를 기다리는 초조함……. 그렇게 3개월이 지났을 때 남은 사람은 15명이었다.

당시 비행훈련원의 조종사 교육은 세 단계로 나뉘어 있었다. 처음 3개월은 비행 역학, 항공기 구조, 영어 등 기초 비행 지식 관련 과목을 배운다. 두 번째 단계는 미국에 가서 직접적인 비행 훈련을 받는 것. 여기에서 경비행기 자격증, 자가용 비행기 자격증과 함께 커머셜 면장사업용 조종사 면허까지 취득한다. 그리고 마지막으로, 제주도에 있는 대한항공 훈련소에서 운송용 면장을 따도록 되어 있었다. 이 세 가지 과정을 다 거치는 데 소요되는 시간은 평균 2년에서 2년 반 정도다. 물론 중간 단계는 테스트의 연속이고, 테스트에서 떨어지는 순간 보따리를 싸게 된다.

2단계 교육 때, 수인은 샌프란시스코의 '시에라 비행학교'에서 교육을 받았다. 시에라 비행학교는 세계적으로 유명한 곳이다. 그런 곳에서 교육을 받는다는 사실만으로도 흥분하지 않을 수 없었다.

하지만 현실은 냉정했다. 다시 또 이어지는 교육과 테스트……테스트를 통과하지 못하면 곧바로 한국행 비행기를 타야 했다.

시에라 비행학교의 수업은 학생 한 명에 교관 한 명이 배정돼 1:1로 진행되는 꼼꼼한 방식이었다. 그 수업을 완벽하게 이해하기 위해서는 무엇보다 영어 실력이 필요했다. 비행훈련원에 들어가기 훨씬 전, 회사에 다닐 때부터 영어 공부를 따로 하며 준비를 하긴 했지만, 아무래도 한계가 있었다. 교관이 방금 설명한 것을 이해하려 앞뒤로 문장을 맞추고 있는 사이, 벌써 그다음 설명이 바람같이 귓등을 지나가고 있었다.

게다가 수인을 담당한 교관은 비행학교 최고의 호랑이 교관이었다. 무뚝뚝한 표정과 말투로 엄격하게 진행하는 수업은 학생을 완전 압도하는 분위기였다. 수인도 처음 얼마간은 그를 바라보는 것조차 무서울 정도였다.

"좋은 건지 나쁜 건지는 모르겠지만, 저한테 아주 고지식한 면이 있어요. 일단 시작했으면 끝을 봐야 돼요. 그러니까 교관이 시키는 것도 고지식할 만큼 끝까지 잡고 늘어지는 거예요. 무슨 이야

기인지 잘 모를 때는 이 사람 저 사람 붙잡고 귀찮도록 물어봐 가
며, 교관이 시킨 걸 끝까지 해냈어요. 처음엔 저를 마땅치 않게 보
는 것 같던 교관 표정이 시간이 지나면서 점점 달라지고 설명을
하는 말투도 부드러워지더군요."   홍수인 기장 인터뷰 중에서

어느 날 교관은 수업도 아닌데 수인을 비행기에 태웠다. 수인에게
조종간을 맡기고 자신은 보조석에 앉은 다음 그는 말했다.

"Go!"

그날, 수인은 꿈만 같은 자유 비행을 경험했다. 캘리포니아의 새
파란 하늘을 날아 넓고 아름다운 숲들을 가로지르며, 자신이 발을
딛고 사는 땅과 바라보는 하늘이 얼마나 아름다운지를 원 없이 만끽
했다.

나중에 교관은 수인에게 말했다.

"처음에 너를 교육시킬 때는 가능성이 없다고 생각했다. 도무지
말귀도 못 알아듣고, 비행 실력도 별로고…… 그래서 널 한국으로
돌려보낼 생각이었어. 그런데 너는 정말 열심히 하더구나. 게다가
믿지 못할 정도로 빠르게 발전하고. 너는 훌륭한 조종사가 될 거다.
나는 사람을 볼 줄 알지. 내 말을 믿어도 좋아."

수인은 시에라 비행학교를 가장 먼저 수료했다. 다른 동기생들의
훈련 기간은 평균 9개월, 수인은 6개월 만에 비행학교 과정을 마치
고 한국으로 돌아왔다.

여성 기장은 싫다! 나는 '기장인 여성'

지금도 잊지 못하는 순간이 있다.

시에라 비행학교에서 맨 처음 경비행기를 조종했던 순간……

조종간을 당기자 자신을 태운 4인승 경비행기가 정말 하늘로 날아올랐다.

'어떻게 해!…… 뜬다! 진짜 뜬다!'

수인은 걷잡을 수 없는 홍분에 속으로 소리를 질렀다. 눈물이 왈칵 솟구쳤다. 두려움은 전혀 없었다. 오직 자신이 비행기를 조종해 하늘을 날고 있다는 사실만이 믿을 수 없는 감동이었다. 기장이 될 때까지 5,500시간이 넘는 비행을 하고 셀 수 없이 많은 이륙과 착륙을 경험했지만, 그때만큼 큰 홍분과 감동을 경험한 적은 없다.

조종사로서 최고의 목표는 '기장'이 되는 것이다. 기장이 부기장과 다른 것은 막중한 '책임감'을 가진다는 사실이다. 일단 항공기의 문이 닫히고 비행이 시작되면, 기내에서 벌어지는 모든 상황의 책임은 기장에게 있다. 비행기를 안전하게 이착륙시키고, 승객의 안전을 책임지는 것도 기장의 역할이다. 그렇기 때문에 부기장을 포함한 모든 승무원들은 기장을 100퍼센트 신뢰하고 따른다.

기장이 된 다음 그가 조종하는 비행기는 보잉 737. 200석 정도로 국내선과 일본, 중국, 동남아시아 각국을 비행한다. 부기장 때는

수인을 담당한 교관은 비행학교 최고의 호랑이 교관이었다. 무뚝뚝한 표정과 말투로 엄격하게 진행하는 수업은 학생을 완전 압도하는 분위기였다. 수인도 처음 얼마간은 그를 바라보는 것조차 무서울 정도였다.

MD80180석의 맥도널 더글러스사 항공기. 지금은 운항하지 않는다과 완전 최신형 기종인 B777을 조종하기도 했다.

각 기종마다 비행 자격을 얻기 위해서는 까다로운 요건을 갖추어야 한다. 또 비행 자격을 얻은 후에도, 한 달에 몇 번의 랜딩을 하고 비행 시간은 얼마가 되어야 한다는 등의 규정을 준수해야만 자격을 유지할 수 있다. 그 밖에도 6개월에 한 번씩 시뮬레이터를 하고 이론 교육을 받는다. 조종사가 되어도 끝없이 교육과 훈련, 테스트의 연속이다.

자동차를 운전하다 보면 접촉 사고가 일어나는 것처럼, 비행기도 지상에서 접촉 사고를 일으킬 수 있다. 더구나 기상이나 항공기의 상태 등 수많은 변수가 따르기 때문에, 완벽을 기하지 않으면 한순간 위험에 노출될 수도 있다. 특히 국내선의 경우, 완벽하지 않은 공항의 상태와 기상의 영향을 많이 받는다. 따라서 반복적인 교육과 훈련으로 어떤 돌발 상황에도 유연하게 대처할 수 있는 숙련된 조종사를 만드는 것이다.

"비행은 생각보다 꼼꼼한 일입니다. 비행기를 이륙시켜서 날아가고 다시 착륙해서 게이트에 댈 때까지, 모든 절차는 교범에 정해진 체크 리스트를 따라 실행됩니다. 조종사는 그 과정을 원활하게 진행하는 매니지먼트 역할을 하는 거죠. 그런 점에서 섬세하고 꼼꼼한 여성들에게 좋은 직업입니다. 처음 여성 조종사가 탄생했을 때는 불안한 시선으로 바라보는 분들도 있었지만, 지금은 여성 기장이 탄생하고 실력을 인정받을 정도가 됐으니까요. 오히려 남성 조종사들이 역차별을 받는다고 호소할 정도입니다."

홍수인 기장 인터뷰 중에서

12년 만에 '기장'이 되는 꿈을 이루었다. 하지만 다시 도전할 과제가 남아 있다. 아직 우리나라에서는 크게 발전하지 못한 항공법, 항공 생리, 항공 심리 등 항공 관련 공부에 도전할 생각이다. 학문적 소양을 쌓은 다음에는, 자신처럼 조종사를 꿈꾸는 후배들에게 도움을 주는 선배 조종사로서의 역할을 하고 싶다.

벌써 그에게는 한참이나 나이 어린 후배가 있다. 머나먼 피지에 사는 교포 중학생과 메일을 주고받으며, 그 아이가 이루고 싶어 하는 조종사의 꿈에 물을 준다. 어쩌면 그 친구에게 쓰는 메일은, 자신이 가졌던 꿈을 잊지 않으려 다시 확인하는 작업인지도 모른다. 어렸을 적 꾸었던 꿈을 잊지 않을 것이다. 그리고 신념대로 자신의 길을 갈 것이다.

홍수인은 '여성 조종사'가 아니다. 다른 기장들과 똑같이 비행하고 승무원들을 이끌며, '기장으로 일하는 여성'일 뿐이다.

'여성'보다 '기장'이 먼저인 사람…….

그는 세상이 그었던 성의 한계를 훌쩍 뛰어넘었다.

"자신의 꿈에 살을 붙이고
키를 키우는 노력을!"

지금 이 책을 읽고 있는 여학생 중에 혹시 예전의 저처럼 '하늘을 나는 꿈'을 키우는 학생이 있을까요? 그 생각을 하는 것만으로도 가슴이 짜릿해집니다. 꿈을 이야기하는 어린 친구들을 보면, 저도 그 나이 때로 돌아가 다시 꿈을 꾸기 때문입니다.

돌이켜보면 아쉬움이 남는 부분도 있습니다.

제가 항공기 조종사가 돼서 외국에 나가 보니, 외국 사람들은 비행과 관련이 없는 일반인들도 항공 상식이 해박한 이들이 많더군요. 항공기와 비행에 관한 서적들이 많아서, 그런 지식을 접할 기회도 많은 것 같았어요.

거기에 비하면 저의 어린 시절은 꿈만 가졌을 뿐, 그걸 어떻게 키워야 하는지 방법은 전혀 몰랐던 거죠. 그럼에도 늘 '언젠가는 하늘을 날고 말겠다'는 신념을 버리지 않았던 제 자신을 칭찬해 주고 싶은 마음이 들 때도 있습니다.

그것이 어떤 분야, 어떤 일이건, 흥미를 느끼는 분야가 있다면 꾸준

한 관심을 가지는 노력이 필요합니다. 관련 분야의 책을 읽고 자료를 모으고, 그런 노력을 하다 보면 자신의 꿈이 조금씩 커가는 게 보일 겁니다.

영어 공부도 많이 하라고 이야기하고 싶어요.

저는 조종사가 되기 위해 정말 열심히 영어 공부를 했습니다. 조종사들이 쓰는 항공 관련 용어들은 모두 영어인 데다, 외국에 나가 교육을 받거나 조종사로 일을 할 때도 영어는 '필수' 조건이기 때문입니다. 처음부터 영어를 잘했던 것은 아닙니다. 하지만 부족하던 영어 실력도, 계속 공부를 하니까 결국은 늘더군요.

특정 직업을 가지기 위해서가 아니라, 이제 사회 어떤 분야에서도 외국어 실력은 필수가 아닐까요? 더구나 여러분은 글로벌 시대를 살면서 세계를 무대로 경쟁해야 하는 사람들입니다. 미국과 경제 협상을 벌여도, 영어를 잘해야 그들을 설득하지요!

마지막으로 무엇보다 중요한 것은 건강한 몸입니다. 요즘 중·고등학교 교육은 입시에 치중한 나머지 학교의 체육 시간조차 점점 줄어든다는데, 그건 바람직하지 않다고 생각합니다. 아무리 좋은 실력을 가지고 있어도, 체력이 뒷받침되지 못하면 그 실력을 발휘할 기회를 잡을 수 없습니다. 조종사에게도 첫 번째 조건은 체력입니다.

잘 먹고, 열심히 운동하고, 자신만의 실력을 쌓으세요. 여러분의 성장과 함께 여러분의 꿈도 키가 커갈 것입니다.

대한민국 세 번째 여성 대사

김영희

대통령궁에 게양되는 국기를 보며 가슴
이 펑펑 뛰는 것을 느꼈다. '내가 대한민
국을 대표한다' 는 자랑스러움과 함께,
어깨에 돌을 올려놓는 것처럼 무거운 책
임감으로 가슴이 벅차올랐다.

발칸 반도 중앙부에 위치한 세르비아는 1992년 유고슬라비아 연방
이 해체되면서 세르비아·몬테네그로가 되었다가 2006년 몬테네그
로가 분리되면서 단독 국가로 성립되었다. 2008년 2월 17일에는 세
르비아의 자치주였던 코소보도 독립을 선언했다.

세르비아의 수도 베오그라드를 가로지르는 사바강. 이 강은 베오그라드에서 다뉴브강과 합류한다(오른쪽).

● ● ●

외교관은 끊임없이 새로운 것과 만나고 그것을 공부해야 한다. 자신의 부임지가 어떤 나라가 되건, 그 나라의 정치, 경제, 문화, 역사를 완벽하게 이해하고 그들과 친구가 되는 것이 기본이다. 2005년 세르비아·몬테네그로 대사로 부임한 김영희 대사는 세르비아에 가자마자 세르비아어부터 배웠다.

책 속에서 발견한 길

꼬마 영희는 동네에서 유명한 '이야기꾼'이었다. 학교까지 4킬로미터가 넘는 먼 길을 오가는 사이, 영희의 종알거리는 이야기 소리는 끝없이 이어졌다. 아이들은 이야기를 조금이라도 더 잘 들으려고, 서로 영희 곁에서 걸으려 자리다툼을 벌였다.

"길버트는 자기가 앤 셜리의 빨간 머리를 '홍당무'라고 놀린 걸 사과하려고 했지만, 앤은 사과를 받아주지 않았어. 길버트가 여학생들에게 인기 최고의 남학생이었는데도 말이야! 사과를 받는 대신, 길버트에게 지지 않으려고 열심히 공부를 했지. 그래서 퀸스 전문학교를 수석으로 졸업할 수 있었던 거야!"

빨간 머리 앤이 꿈을 이룬 부분을 이야기할 때, 영희의 얼굴도 발그스름하게 상기되었다. 마치 자신이 그 이야기 속의 '앤'이 되어 꿈을 이룬 것처럼 가슴이 뛰었다.

오빠나 언니의 책꽂이에 있던 『빨간 머리 앤』이나 『톰 소여의 모험』, 『알프스 소녀 하이디』 같은 책들은 영희의 '보석'이었다. 밤새워 책을 읽고 창밖이 뿌옇게 밝아오는 걸 보면, 알 수 없는 뿌듯함이 느껴졌다.

지금으로부터 40년도 더 전인 1960년대, 그때는 책이 귀한 시절이었다. 동네마다 서점이 있는 것도 아니었고, 부모님들도 아이들에게 선뜻 책을 사줄 만큼 형편이 넉넉하지 못했다. 어쩌다 누군가 책을 한 권 사게 되면, 그 책이 온 동네를 돌아 너덜너덜해진 다음에야 끝이 나곤 했다. 오빠와 언니가 여럿 있는 영희는 친구들이 가지지 못한 책을 읽을 기회가 많은 편이었다. 밤을 새워 책을 읽고 또 읽었다. 『톰 소여의 모험』 같은 책은 아무리 읽어도 질리지 않았다. 장난꾸러기 톰과 허클베리 핀이 살인 사건의 범인을 잡고 미시시피 강변을 탐험할 때는, 영희도 그들과 함께 미시시피 강변에 있는 것처럼 흥분됐다.

'나도 어른이 되면 넓은 세계를 찾아 떠날 거야!'

중학교 때, 장래 희망에 처음으로 '외교관'이라고 썼다. 언젠가는 외국에 나가서 공부를 하고, 멋진 일을 하는 사람이 되겠다는 꿈, 그것은 책 속에서 발견한 '넓은 세상'에 대한 동경 때문이었다.

지방 도시의 조그만 마을에 살고 있었지만, 이미 김영희의 꿈은 '세계'를 향해 큰 날개를 펼치고 있었다.

그 꿈이 완성되기까지는 아주 오랜 시간이 걸렸다.

간호조무사로 독일에 간 것은 파릇한 20대 초반이었다. 독일에서 10년간 공부한 뒤 36세에 박사 학위를 취득했고, 마흔이 넘어서 '외교관'이라는 꿈을 이루었다. 그리고 2005년, 주駐세르비아·몬테네그로 대사로 임명되었다.

김영희 대사는 '우리나라 세 번째 여성 대사'다. '600년 역사의 명문 쾰른 대학에서 독일어로 전공 과목을 강의한 최초의 외국인 여성'이라는 기록도 가지고 있다. 어린 시절 가슴에 품었던 '빨간 머리 앤'의 꿈이 이루어진 것이다.

꿈을 꾸는 사람은 포기하지 않는다

초등학교 때, 영희는 1등 여학생이었다. 똑똑한 데다 남에게 지기 싫어하는 승부욕까지 있었다.

중학교는 전주여중에 진학했다. 당시 전주여중이나 전주여고는 전라북도 내에서 공부깨나 한다는 여학생들이 모두 모이는 명문 학교였다. 입학시험의 경쟁도 치열했다. 그해 전주여중 입학시험 결과

1등이 두 명이었다. 두 명 모두 전라북도 내 경시대회에서 1, 2등을 다투던 학생들이었다. 1등과 1점 차로 2등이 된 학생은 김영희였다.

사실 영희는 꼭 1등 합격을 하고 싶었다. 승부욕 때문만은 아니었다. 1등 합격자에게는 '등록금'이 면제되기 때문이었다.

영희네 집은 본래 논밭을 많이 가지고 농사도 많이 짓는 넉넉한 집안이었다. 그러나 9남매나 되는 형제들의 뒷바라지를 하다 보니, 점점 형편이 기울기 시작했다. 오빠나 언니들이 한 학년씩 올라갈 때마다, 논과 밭은 조금씩 팔려 나갔다. 어머니의 그 같은 교육열 덕분에 오빠 다섯은 모두 전주고에 진학하고 서울로 대학 진학을 하기도 했다. 그러다 보니 영희가 중학교에 올라갈 즈음에는 가정 형편이 더욱 어려웠다.

어린 영희의 마음을 가장 아프게 하는 것은, 고생하는 어머니의 모습이었다. 어머니는 자녀들의 등록금에 보태려고, 밭에 조금 남아 있던 야채를 밤새 다듬어 시장에 내다 파셨다. 버스비도 아끼려 전주 시내까지 10킬로미터를 걸어 나가고, 장이 파한 다음에는 다시 그 먼 길을 걸어서 돌아오셨다. 어머니의 발은 늘 물집투성이였다. 어머니는 아이들 몰래 바늘에 실을 꿰어 물집을 터뜨리고, 미처 아물지도 못한 발로 다음 날은 밭일을 나가셨다.

영희는 어머니의 그런 모습을 알고 있었다. 그래서 1등 합격자에게 주어지는 등록금이 더욱 간절했던 것이다.

　공부 잘하는 여자아이들이 모인 중학교 1학년 때의 학급 분위기는 만만치 않았다. 전주의 유명 초등학교에서 1등을 하던 친구 두 명이 모두 영희네 반이었다.

　두 친구는 모든 면에서 영희와 정반대였다. 그들은 부잣집 딸인데다 공부도 잘해서 친구들을 여럿 몰고 다니며 대장 노릇을 했다. 영희는 신생 초등학교 출신이라 함께 중학교에 진학한 친구도 없었다. 그 친구들은 과외 지도를 받으며 성적을 올렸지만, 영희는 순전히 자신의 노력에 의존하는 수밖에 없었다. 그런데도 '반장'은 김영희였다.

　얼마 지나지 않아, 영희에 대한 경쟁자들의 견제가 시작되었다. 두 친구 중 한 사람이 선생님에게 이의를 제기했다.

　"선생님, 반장 다시 뽑아요."

　그러나 선생님은 공정한 분이셨다.

　"지금 반장이 씩씩하게 잘하고 있는데, 왜 반장 선거를 다시 하지?"

　얼마 지나지 않아 봄 소풍을 가게 되었다. 두 명의 친구 중 유난히 영희에게 딴죽을 많이 걸던 한 명이 영희에게 다가왔다.

　"김영희! 네가 선생님 도시락 싸가지고 와."

　"……왜?"

　"네가 반장이니까. 반장이면 그 정도는 해야 하는 거 아니니?"

　영희는 눈 하나 깜짝하지 않고 친구에게 말했다.

"나는, 꼭 반장이 선생님 도시락을 싸야 하는 이유를 모르겠는데?"

말은 당당하게 했지만, 어린 영희에게는 말 못 할 가슴의 상처였다. 영희도 형편이 된다면 선생님 도시락을 준비하고 싶었다. 그러나 어머니에게 선생님 도시락 이야기를 할 형편이 아님을 알고 있었던 것이다. 자존심 셌던 열네 살 때의 그 상처는 그 후로도 한참이나 마음 한구석에 남아 있었다.

어려운 가정 형편에 영희의 꿈은 조금씩 멀어지는 것 같았다. 초등학교 6년간은 줄곧 1등을 하며 남학생들을 제치고 '전교 회장'까지 했지만 중학교에서는 달랐다. 나름대로 열심히 공부를 해도, 영어와 수학은 과외 지도를 받으며 성적을 올리는 친구들과 격차가 벌어졌다. 초등학교 때처럼 내리 1등만 하는 성적을 유지할 수 없었다.

고등학교에 들어가서는 진로에 대한 고민이 생겼다. 그즈음 집안 형편은 더 어려워지고 있었다. 아무리 열심히 공부를 한다고 해도, 대학에 진학하는 것은 어려운 일이라는 생각이 들었다. 누구보다 공부 욕심 많은 영희에게는 견디기 힘든 상황이었다.

"중·고등학교를 다닌 십대 시절이 제겐 가장 힘든 시기였어요.

저는 최선을 다할 자세가 되어 있었지만, 제가 처한 환경은 그렇지가 못했거든요. 고등학교 때는 일부러 공부를 열심히 하지 않은 때도 있어요. 대학 진학에 대한 욕심을 버리려고요. 그렇지만 당장 대학에 진학하지 못한다는 사실 때문에 실망한 적은 없어요. 제 마음속에는 '언젠가는 대학에 진학하고 내 꿈을 이룰 것'이라는 다짐이 있었으니까요. 고등학교를 졸업하면서 진로를 '공무원'으로 잡은 것도, 대학 공부를 염두에 둔 것이었어요. 공무원으로 일하면서 야간대학에 다닐 계획을 세웠던 거죠."

고등학교를 졸업하고 '국가 공무원 시험'과 '서울시 공무원 시험'에 응시했다. 두 시험 모두 합격이었다. 그러나 내심 야간대학 진학을 계획하고 있던 김영희는 서울시 공무원이 되는 길을 택했다.

서울시 공무원 200명을 뽑는 시험에는 전국에서 1만 명 이상의 응시자가 몰렸다. 그 1만 명 응시자 중에 9등으로 합격, 서울시 중구청에 발령을 받았다. 합격자는 말할 것도 없이 거의 다 남자들이었다.

이 책을 읽는 여러분이 세상에 태어나기 훨씬 전인 1960년대 후반이었다. 그때 우리나라에서 '여성의 사회 진출'을 말하기는 너무 암담한 현실이었다. 요즘 여학생들이 들으면 '웬 석기 시대 이야기냐?'라고 할지 모르지만, 여자는 적당히 학교 졸업하고 결혼해서 현모양처 되는 것이 최고의 행복인 것처럼 여기던 시대였다. 미스 코

전주여고 시절

"중·고등학교를 다닌 십대 시절이 제겐 가장 힘든 시기였어요. 저는 최선을 다할 자세

가 되어 있었지만, 제가 처한 환경은 그렇지 못했거든요. 그렇지만 당장 대학에 진학하

지 못한다는 사실 때문에 실망한 적은 없어요. 제 마음속에는 '언젠가는 대학에 진학하

고 내 꿈을 이룰 것'이라는 다짐이 있었으니까요."

리아의 꿈도 '현모양처'였다. '남녀평등'을 이야기하는 여성은 가차 없이 '목소리 큰 암탉'으로 폄하됐다.

오늘날 여성이 남성들과 나란히 경쟁해 기업에 들어가고, 사법고시, 외무고시에서 여성 합격자가 절반을 넘는 '여권의 신장'은, 그렇게 어려운 시절을 견뎌낸 우리 선배, 어머니, 할머니 들의 도전과 무던한 노력 때문인 것이다.

적극적인 사람이 기회를 잡는다

공무원으로 일하며 야간대학에 다닐 때였다. 친구와 둘이 허름한 아파트에 방 한 칸을 얻어 자취를 하고 있었다.

어느 날 볼일을 보러 시내에 나갔다가, 우연히 친구를 만났다. 오랜만에 만난 친구라 어떻게 지내는지 궁금해 이것저것 근황 이야기를 나눴다. 그런데 그 친구의 한마디가 김영희의 귀를 번쩍 뜨이게 만들었다.

"난 독일에 가려고 준비 중이야."

엉? 독일이라고?…… 독일엔 어떻게 간다는 거지?

친구는 신이 나서 설명을 했다.

" '해외개발공사'라는 곳에서 독일로 파견할 간호조무사를 선발하고 있어. 시험을 봐서 거기 들어가기만 하면 100퍼센트 독일에 갈 수 있어.”

그 말을 듣는 순간, 정말 1초도 망설임 없이 ‘나도 독일에 가야지!’ 하는 생각을 했다. ‘이건 기회야!’라는 자신의 목소리가 가슴속을 울리는 것 같았다. 그 자리에서 친구에게 ‘원서’를 구해 달라는 부탁을 했다.

독일에 가겠다는 말에 가족들은 이만저만 걱정이 아니었다. “안정된 공무원 자리를 두고 어디를 가느냐”고 걱정이 태산이었다. 게다가 부산도 아니고 제주도도 아니고 ‘독일’이라니……

다니고 있던 서울시 중구청에서는 사표를 수리하지 않고 한 달의 시간을 주었다. ‘언제든지 마음이 바뀌면 돌아와도 좋다’고 유예 기간을 준 것이었다. 그러나 가족의 만류도, 안정된 직장도, 그의 용감한 선택을 바꿀 수는 없었다. 머릿속에는 오직 ‘독일에 가서 대학에 진학하고 박사가 되겠다’는 생각뿐이었다. 뒤도 돌아보지 않고 씩씩하게 독일행 비행기에 올랐다.

간호조무사 생활은 말 그대로 만만하지 않았다.

시립 병원의 남자 외과 병동은 교통사고 환자가 많은 곳이었다. 보통 80~90킬로그램이 넘는 거구의 독일 남자를 먹이고 씻기며 돌보는 것은 골병이 들 일이었다. 새벽 4~5시에 일어나 준비를 하고 오후 2시까지 계속되는 오전 근무를 끝내고 나면, 온몸은 쇳덩어리를 매단 것처럼 무거웠다. 몸에서 삐걱삐걱거리는 소리가 나는 것 같았다.

다른 동료들은 숙소에 돌아오면 피곤에 쓰러졌지만, 그에게는 그런 여유도 없었다. 서둘러 숙제를 하고, 시간에 맞춰 야간학교에 가야 했다.

그렇게 힘든 생활이었지만, 김영희는 언제나 '미스 스마일'이었다. 항상 밝은 얼굴로 환자를 돌보는 일에 최선을 다했다. 환자들의 이름을 가장 먼저 외우고, 환자가 고통스러워할 때 제일 먼저 달려가는 것도 그였다. 단연 병원에서 가장 인기 있는 간호사였다.

"너는 간호조무사를 하기엔 정말 아까워. 공부 열심히 해서 '의사'가 돼라!"

돌보는 환자, 함께 일하는 동료 들도 김영희의 성실에 감동해 그를 격려했다.

"낮에는 일하고, 밤에는 야간학교에서 어학 공부를 했어요. 근무하던 병원이 있던 도시는 하노버와 함부르크 사이 '월첸'이라는 곳이었는데, 당시에는 버스가 한 시간에 한 대꼴로 드문드문 다녔죠. 그나마도 저녁 6시면 차가 끊겼어요. 학교에는 가야겠고, 버스는 없고…… 궁리 끝에 자전거를 한 대 사서 열심히 타고 다녔습니다. 공부를 해야겠다는 생각에 깜깜한 밤길이 무섭다는 걸 느끼지도 못했어요. 무엇이든 새로운 걸 배우는 게 좋았어요. 함

쾰른 대학 시절 독일인 친구 베아테와 함께

그렇게 힘든 생활이었지만, 김영희는 언제나 '미스 스마일' 이었다. 항상 밝은 얼굴로 환

자를 돌보는 일에 최선을 다했다. 환자들의 이름을 가장 먼저 외우고, 환자가 고통스러

워할 때 제일 먼저 달려가는 것도 그였다.

께 있던 한국 간호사 10명 중 운전면허도 가장 먼저 취득했고, 독일어는 물론이고 영어, 프랑스어를 모두 공부했죠. 그 모든 게 대학 입학을 위한 준비였습니다."

김영희 대사 인터뷰 중에서

정식으로 대학에 입학하기 위해서는 '예비 과정'부터 수료해야 했다. 그 예비 과정에 들어가는 것부터 보통 일이 아니었다. 다른 유학생들처럼 한국에서 대학엘 다니다 온 것도 아니고, 뚜렷하게 내세울 경력이 있는 것도 아니었다. 그러나 김영희에겐 든든한 신념이 있었다.

'모든 일에 정성과 최선을 다하자! 그러면 내가 원하는 것을 이룰 수 있을 거야.'

입학에 필요한 서류들을 정성껏 작성하고, 그것들을 직접 전달하기로 했다. 병원에 휴가를 내고 서독의 유명 대학들을 일일이 찾아다녔다. 밤새 달린 기차는 어둑어둑한 새벽녘에 도착하곤 했다.

아는 사람 하나 없는 낯선 도시의 밤공기는 더욱 차가웠다. 여기저기 신문을 덮고 누운 노숙자를 피해, 대합실 한구석에서 날이 밝기를 기다리는 수밖에 없었다. 그럴 때면, 아침은 더 늦게 밝아오는 것 같았다. 추위에 몸을 떨며 한국에 계신 어머니를 생각했다. 이상하게도 어머니를 생각하면, 두려움은 사라지고 더 큰 힘이 솟았다.

'난 괜찮아. 잘할 수 있어!'

날이 밝으면 다시 버스를 타고 대학을 찾아갔다. 외국인 입학처장을 직접 만나고, 자신이 어떤 사람인지를 열심히 설명한 다음 입학 지원서를 제출했다. 그렇게 하고도 마음이 놓이질 않아, 몇 번이고 다시 부탁했다.

"서류 버리지 말고 꼭 검토해 주세요. 부탁합니다!"

그렇게 독일 남부에서부터 시작해 10여 개의 대학을 직접 찾아다 녔다. 쾰른 대학은 마지막으로 지원서를 낸 곳이었다. 그런데 쾰른 대학으로부터 가장 먼저 입학 허가 통보가 왔다. 뒤를 이어 하이델 베르크, 하노버, 함부르크 등 원서를 낸 모든 대학에서 입학 허가서 를 보내왔지만, 주저 없이 600년 전통의 쾰른 대학을 선택했다.

1년간의 대학 예비 과정을 1등으로 마치고, 교육학과에 입학했 다. 교육학과 학생 40명 중에 김영희가 유일한 외국인 학생이었다. 보통 6~7년이 걸리는 디플로마 학사와 석사 과정를 5년 만에 그것도 모두 A학점으로 마치자, 독일 사람들도 놀랐다.

전공인 교육학 외에도, 인류학, 사회학, 철학을 공부했다. 박사 학 위를 취득하기 위해서는 라틴어까지 공부해야 했다. 하루 4시간씩 만 자면서 오직 공부에 매달렸다. 보통 박사 과정만 마치는 데도 10 년 이상이 걸리는 독일의 대학에서, 예비 과정부터 박사 학위까지 10년 만에 마친 것은 놀라운 일이었다.

"공부의 비법요? 저는 공부하는 게 '너어어어무~' 즐거웠어요.

공부를 의무로 여기고 마지못해 하는 사람은 괴롭겠지만, 좋아서 하는 사람에겐 즐거움이죠. 아무리 머리가 좋거나 부지런한 사람도 '좋아서 하는 사람'을 따라갈 순 없어요. 더구나 저는 공부를 하고 싶어서 그 먼 독일까지 간 거잖아요. 병원에서 고생을 경험하고 나니까, 오히려 공부가 더 쉽게 느껴지고 더욱 열심히 하게 되더라고요. 우리 학생들도 공부에 대한 생각을 좀 바꿨으면 좋겠어요. '피할 수 없으면 즐겨라'는 말도 있잖아요."

30년 만에 이룬 꿈

1989년, 긴 세월 동독과 서독을 가로지르고 있던 '베를린 장벽'이 무너지고, 1990년 독일이 통일되었다. 김영희는 그 역사의 한가운데에 선 목격자가 되었다.

독일 통일은 그의 인생에 결정적인 영향을 미쳤다. 우리나라에서도 독일을 제대로 아는 '독일 전문가'를 필요로 하게 된 것이다. 이듬해 외무부(현재의 외교통상부)에서 '독일 전문가'를 채용한다는 공고를 냈다.

'외교관이라고?'

오랜 세월 접어두었던 '어린 시절의 꿈'이 한순간 눈앞으로 다가

오는 것 같았다. 안정된 직장을 버리고 '공부'를 위해 낯선 독일행
을 감행했을 때처럼, 이번에도 주저 없이 새로운 도전을 결심했다.

단 1명의 '독일 전문가'를 뽑는 시험은 까다로운 과정이었다. 필
기시험에 이어, 여러 차례의 면접시험이 거듭되었다.

마지막 면접에서 한 인사 위원이 걱정스럽다는 듯이 말했다.

"김 박사께서는 자유로운 학문을 하던 분인데, 제약이 많은 외교
관 생활에 적응할 수 있을까요?…… 채용했는데 못 견디고 금방 나
가게 되면 서로 시간만 손해 보는 일입니다."

그는 마음에 새겨두었던 답을 했다.

"한국은 나를 낳아주고 키워줬고, 독일은 내 정신을 살찌게 해준
나라입니다. 두 나라 사이에 가교架橋가 되고 싶습니다. 뽑아주시면,
나가라고 할 때까지 열심히 일하겠습니다."

확신에 찬 답변 덕분인지 합격이 되었다. '외교관'을 꿈꾸었던 중
학교 시절로부터 무려 30여 년 만에, 마침내 그 꿈을 이룬 것이다.

외교관으로서 맡았던 첫 업무는 지금도 잊지 못할 기억이다. 가장
까다롭고 어려운 '정상 통역'이었다.

1991년 2월 25일, 당시 독일 대통령이었던 리하르트 폰 바이체커
대통령이 우리나라를 국빈 방문했다. 폰 바이체커 대통령과 우리나
라 국회의장 및 장관, 야당 대표 들의 회담을 통역하는 임무가 그에
게 주어졌다.

국가 간 정상 회담은 단순히 '외국어'를 잘한다고 할 수 있는 일이 아니다. 상대 국가의 정치, 경제, 사회, 문화 전반에 걸친 이해가 있어야 제대로 된 통역을 할 수 있다.

수백 페이지에 달하는 독일과 한국 관련 자료를 받아다 밤을 새워 읽었다. 익숙하지 않은 국제기구 약자나 경제 관련 수치 같은 것들은, 담당자를 통해 몇 번씩 확인하고 또 확인했다.

정상 회담은 국가와 국가 간의 이해관계가 얽혀 있기 때문에, 단어 하나 잘못 선택하거나 표현이 조금만 달라져도 외교 관계에 금이 갈 수 있는 막중한 일이다. 통역에 있어, 정확하게 말하되 품격을 잃지 않아야 한다.

우리나라 장관들과 폰 바이체커 대통령 면담 통역이 끝난 후, 당시 주한 독일 대사였던 위르겐 클라이너 대사가 환한 얼굴로 다가왔다.

"Excellent! Excellent!"

그는 악수를 나눈 후에도 손을 놓을 줄 모른 채 감탄을 연발했다.

"오…… 저는 한국 사람이 이렇게 완벽한 독일어를 하는 것을 본 적이 없습니다. 당신은 어디에서 독일어 공부를 했나요?"

클라이너 대사의 긴 칭찬이 이어지는 동안, 장관들은 옆에 서서 기다려야 했다.

이날의 통역은 그에게도 특별했다. 사실 폰 바이체커는 오랫동안 김영희가 존경해 온 인물이었다. 폰 바이체커의 집안은, 할아버지

국빈 방문한 폰 바이체커 독일 대통령과 박준규 국회의장의 면담 통역

우리나라 장관들과 폰 바이체커 독일 대통령 면담 통역이 끝난 후, 독일 대사가 환한 얼굴로 다가왔다. "저는 한국 사람이 이렇게 완벽한 독일어를 하는 것을 본 적이 없습니다. 당신은 어디에서 독일어 공부를 했나요?"

는 주州 총리와 슈투트가르트 대학의 총장을 역임하고 아버지 역시 외교관이었던 독일 명문가다. 독일 사람들이 '존경하는 정치인'을 꼽을 때 빠지지 않는 인물이기도 했다. 그 집안을 다룬 책 『바이체커스』는, 김영희가 독일에서 공부할 때 감명 깊게 읽은 책 중의 하나였다.

그렇게 존경하는 인물을 옆에서 지켜보며 통역하는 게 첫 임무였다니……. 여러분이 '슈퍼 주니어'나 '빅뱅'을 코앞에서 바라보며 이야기한 것과 같은 흥분이라고 말하면 즉시 이해가 될지?

현재 아혼에 가까운 나이로 여전히 명망 있는 정치인인 폰 바이체커 전 대통령은 지금도 친필 카드를 보내올 만큼 김영희 대사를 아끼는 사람이다.

첫 번째 통역 업무로 단번에 '통역 잘하는 외교관'으로 인정을 받으며, 이후 우리나라 대통령의 독일 방문 때마다 정상 회담의 통역을 도맡았던 건 두말할 것도 없다.

독일 대사관에서 1등 서기관부터 공사까지 역임했을 때, 그는 늘 '유능한 외교관'으로 평가를 받았다. '일당백으로 일하고, 시키지 않아도 찾아서 하고, 시키면 확실하게 일한다'는 신념이 그를 '유능한 외교관'으로 만든 것이었다.

한국을 알리는 것이 대사의 역할

'외교관'이란 직업은, 끊임없이 새로운 것과 만나고 그것을 공부해야 한다. 자신의 부임지가 어떤 나라가 되건, 그 나라의 정치, 경제, 문화, 역사를 완벽하게 이해하고 그들과 친구가 되는 것이 기본이다.

김영희 대사의 외교관 생활에 가장 큰 선생님은 '책'이었다. 그는 유난히 책 욕심이 많다. 책꽂이에 가득 꽂힌 외교 관련 서적들을 재산 1호라고 말할 정도다. 그중에서도 세계적인 리더들의 전기를 가장 좋아한다. 한 사람의 일생이 담긴 '전기'에는 그가 살아온 시대의 정치, 역사, 문화가 고스란히 담겨 있어서, 따로 그것들을 공부하지 않아도 그 나라를 이해하는 데 크나큰 도움이 된다.

미국 최초의 여성 국무 장관이었던 매들린 올브라이트의 자서전은 몇 번이나 다시 읽었는지 모른다. 올브라이트는 조국인 체코가 공산화되면서 가족과 함께 미국으로 망명한 이민자 가정의 딸이었다. 아버지가 체코의 외교관이었다고 해도, 성장기의 그는 체코식 악센트를 쓰는 가난한 여학생일 뿐이었다. 그럼에도 자신의 한계를 멋지게 극복하고 뉴욕 컬럼비아 대학에서 석사 학위를 받았고, 1997년 미국 상원의 만장일치로 최초의 여성 국무 장관에 임명되었다. 남자들의 세계인 외교 무대에서 올브라이트를 빛나게 했던 건, 상대방을 똑바로 쳐다보며 당당하게 말하던 그녀의 직설 화법이었다.

올브라이트의 단순치 않았던 삶, 어려움을 이겨내는 강인함, 일에 대한 열정…… 그것은 최고의 교과서였다. 자신처럼 가난한 집안 출신이지만 그 어려움을 극복한 올브라이트에게서 위로를 얻고, 오직 실력으로 인정받은 그의 삶에서 도전 의식을 얻어 더욱 힘차게 나아갈 수 있었다.

2005년 8월, 독일 대사관 공사로 근무하고 있을 때, 서울 외교통상부로부터 귀국하라는 연락을 받았다. 드디어, 주세르비아·몬테네그로 대사로 결정이 된 것이다!(나중에 몬테네그로가 독립하면서 세르비아 대사가 됐다)

'대사'로 결정이 되면, 자국에서 '신임장 수여식'을 하고, 파견국에 가서 '신임장 제정식'을 하게 된다. '신임장'은 '이 사람은 대통령을 대신해 대한민국을 대표하는 사람'이라고 인정하는 증명서 같은 것이다.

신임장과 함께 대통령 부부와 김영희 대사 부부가 나란히 서서 찍은 사진이 전달됐다. 그걸 펼쳐드는 순간, 가슴이 찌릿했다. 사진 밑에는 이렇게 쓰여 있었다.

"당신이 대한민국입니다."

심장에 화살이 날아와 쿡 박히는 그런 느낌이었다.

물론 대한민국 사람 누구나 외국에 나가면 '대한민국 대표'가 된다. 그러나 국가 원수를 대신해 외교 교섭을 행하는 막중한 임무와 파견국에 체류하는 자국민에 대한 보호, 감독 의무를 가진 대사의 '대표성'은 비중이 다르다.

세르비아에서 행해진 '신임장 제정식'은 그곳 대통령궁에서 행해졌다. 외무성에서 직접 보낸 차가 대사를 '모시러' 오는 것이 관례다. 100미터가 넘는 의전 카펫 위로는 오직 대사만이 걸을 수 있다. 국가 원수를 대신하는 대사인 만큼, 각별한 대우를 하는 것이다.

신임 대사 제정식이 끝나고 나오면 우리나라 국기가 게양된다. 대통령궁으로 올 때 세르비아 국기만 꽂혀 있던 차도, 오른쪽에는 우리나라 국기를 그리고 왼쪽에는 세르비아 국기를 꽂고 돌아오게 된다.

대통령궁에 게양되는 국기를 보며 '가슴이 펑펑 뛰는 것'을 느꼈다. '내가 대한민국을 대표한다'는 자랑스러움과 함께, 어깨에 돌을 올려놓은 것처럼 무거운 책임감으로 가슴이 벅차올랐다.

한국을 알리고 양국이 좋은 관계를 유지하도록 하는 것이 대사의 임무다.

세르비아에 가자마자 세르비아어부터 배웠다. 부임 석 달 후 열린 '한·세르비아 친선 문화의 밤' 행사에서는 세르비아어로 첫 연설을 해 그곳 사람들을 감동시켰다. 그 연설을 위해 수백 번을 읽고, 읽고, 또 읽고…… 머리에서 불꽃이 일 만큼 반복해서 연습해야 했다. 외

신임장 제정식에서 스베토자르 마로비치 세르비아·몬테네그로 대통령과의 악수

대통령궁에 게양되는 국기를 보며 가슴이 펑펑 뛰는 것을 느꼈다. '내가 대한민국을 대표한다'는 자랑스러움과 함께, 어깨에 돌을 올려놓는 것처럼 무거운 책임감으로 가슴이 벅차올랐다.

교관에 있어 '언어 소통'은 기본적인 조건이다. 같은 언어를 쓰는 것만으로도 친근감이 생기기 때문이다.

세르비아는 과거 유고슬라비아 시절 정치적으로 북한과 가까웠고, 한국에 대해서는 잘 알려져 있지 않은 나라다. '한국을 알리고 친근감을 느끼도록 하는 것'이 무엇보다 중요했다.

대사로 재직하는 3년 동안 많은 한국 문화 행사를 선보였다. 전통 무용단과 발레단을 초청해 공연을 하고 태권도 대회도 개최했다. 세르비아에 거주하는 한국 교민은 서른 명 정도인데, 대회 참가자는 5천 명이 넘을 정도로 인기가 좋았다. 태권도 대회는 텔레비전에서 12번이나 방영이 되었다.

그런 행사는 가만히 앉아서 되는 게 아니다. 대사관 직원들이 학교마다 찾아가 교장 선생님을 만나고, 한국의 국기원에 연락해 테이프를 빌려다 직접 홍보를 하기도 했다.

"우리나라를 알리려면 '꿈나무'들을 잡아야겠다는 생각을 했습니다. 그 학생들이 장차 그 나라를 이끌어갈 인재가 될 테니까요. 영재학교 네트워크를 이용해 '코리아 에세이 콘테스트'를 한다고 알렸죠. 한국에 대한 에세이를 써서, 글이 뽑힌 최종 30명의 학생에게 한국산 컴퓨터 1대씩을 주겠다고 상품을 걸었어요. 세르비아는 아직 컴퓨터가 귀하니까, 이 행사도 관심이 집중될 수

밖에 없었어요. 한국 관련 자료가 동이 났다고 하더군요. 물론 대
사는 한국에 전화를 걸어 '컴퓨터 몇 대만 협찬해 달라'고 사정을
해야 했지만요……."

베오그라드 영재센터에서 열린 시상식에서 김영희 대사는 학생
들에게 말했다.

"지금 이 자리에 있는 여러분이 이 나라의 미래입니다. 한국의 컴
퓨터로 열심히 공부해서 국가에 기여하는 사람이 되기를 바랍니다.
훗날 어른이 되었을 때, 한국을 잊지 말고 한국과 친구가 되도록 힘
써 주세요."

나중에 한 학생으로부터 온 감사 편지에는 '열심히 공부해서 한
국으로 유학을 가겠다'는 내용이 담겨 있었다. 충분한 보답이었고,
더할 수 없는 보람이었다.

사람들은 잘 차려입고 화려한 파티에 가거나, 외교 문서에 사인을
하는 멋진 모습으로 외교관을 상상하지만, 그건 보이는 모습일 뿐이
다. 드레스에 턱시도를 입고 화려한 리셉션에 가기는 하지만, 실제
로는 식탁 위의 맛난 음식들을 음미할 겨를조차 없다. 한 사람이라
도 더 만나고, 한마디라도 더 유익한 정보를 얻어 와야 성공한 만찬
이 되는 것이다.

좋은 외교관은 '다른 사람과 친구가 될 수 있는 사람'이다. 세계

를 움직이는 외교가에서, 친구가 되기 전에는 절대 정보나 도움을 주지 않는다. 생각해 보라. 중요한 시험 문제는 친구 간에도 가르쳐 주기 망설여지는데, 생판 모르는 남에게 그걸 가르쳐주고 싶을까?

똑똑한 머리만으로는 부족하다. 따뜻한 품성을 가지고 좋은 인간 관계를 만들 줄 아는 사람이, 어떤 분야에서도 최고가 될 수 있다.

당당함은 나의 생명!

쾰른 대학의 예비 과정에는 각기 다른 나라의 유학생들이 섞여 있었다. 김영희는 유일한 한국인 학생이었다. 그런데 거기서도 그는 '반장'에 뽑혔다. 자신을 반장으로 추천했던 체코 여학생은, 그 이유를 이렇게 말했다.

"영희 너는 항상 당당하고 밝아서 보기 좋아. 똑똑하고 공부도 잘하고, 다른 사람들한테 친절하기까지 하잖아. 옆에서 너를 보는 것만으로도 기분이 좋아!"

외교관이 돼서 다른 나라의 외교관들을 만날 때도 그들은 같은 이야기를 했다.

"당신은 우아한 동양 여성의 품위에, 완벽하고 똑똑한 서양 외교관의 일솜씨를 가졌군요!"

세르비아의 수도 베오그라드 전경

• • •

세르비아는 한국에 대해서는 잘 알려져 있지 않은 나라다. '한국을 알리고 친근감을 느끼도록 하는 것'이 무엇보다 중요했다. 김영희 대사는 재직하는 3년 동안 무용단과 발레단을 초청해 공연을 하고 태권도 대회를 개최하는 등 많은 한국 문화 행사를 선보였다.

남자 형제가 여섯이나 되었지만, 부모님은 남자와 여자를 가리거나 불평등하게 대우하는 적이 없었다. 남자 형제들 속에서도 막내 여동생 영희는 늘 씩씩했다.

부모님은 오빠에게 가을 논에 나가 새 쫓는 일을 맡기셨다. 그러나 원두막에 앉아 방울이 달린 줄을 흔들며 요령껏 새를 쫓는 것은 영희였다. 남자 형제를 모두 제치고 '나무 타기'를 가장 잘하는 사람도 역시 영희였다.

또래 친구들에 비해 몸은 작아도, 자기보다 나이 많고 덩치 큰 아이들에게 밀리는 법이 없었다. 똑 부러지는 말솜씨에 당찬 김영희를 이겨낼 아이는 없었다.

남자 형제들 속에서 당당하게 자란 탓에, 남자들과 경쟁한다는 것에 두려움을 가져본 적이 없었다. '여자이기 때문에'라는 한계 같은 것은 더더욱 이해할 수 없는 일이었다.

그런 당당함에 가장 많은 영향을 준 것은 '어머니'였다.

선하고 사람 좋은 아버지 대신, 집안을 이끌고 궂은일을 도맡으셨던 어머니는 강인한 분이셨다. 집안 형편이 어려워져 야채 파는 일까지 하셨을 때도 어머니는 그늘진 얼굴을 보인 적이 없었다. 자녀들에게는 '항상 정직하고 성실한 사람이 되어야 한다'고 가르치셨다. 다른 것들엔 관대하셨지만, 거짓말만은 용납하지 않으셨다.

나중 어른이 됐을 때, 어머니의 교육이 얼마나 중요한 것인지를 알았다. '거짓말을 하거나 성실하지 못하면 당당할 수 없다'는 것을 알게 되었던 것이다.

조그만 동양 여성이 키가 큰 외국 외교관들과 이야기를 나누려면, 하이힐로도 모자라 목이 빠지도록 올려다봐야만 했다. 그래도 얼굴에는 늘 미소를 잃지 않았다. 세계 여러 나라의 정치와 역사, 문화에 대해 해박한 지식으로, 김영희 대사는 늘 대화를 주도하며 상대방을 즐겁게 만들었다. 무뚝뚝한 독일 남자들도, 상냥하게 웃으면서 말하는 그 앞에서는 '그건 말이죠……' 하고 입을 열었다.

여성이기 때문에, 집안 형편이 어려워서…… 이런 것들은 한계 요인이 되지 못한다. '자신이 원하는 것을 향해 맹렬히 도전하는 사람'은 그 모든 환경의 벽을 넘을 수 있기 때문이다. 김영희 대사가 바로 그런 증명이 아닐까?

* 김영희 대사는 2008년 9월 대사 임기를 마쳤습니다.

"네가 정말
하고 싶은건 뭐지?"

지금도 제 책상 위에는 '세계 지도'가 펼쳐져 있습니다. 여러분은 혹시 세계 지도 속에서 우리나라를 찾아본 석이 있나요?

저는 맨 처음 세계 지도 속에서 우리나라를 찾았을 때, 큰 충격을 받았었습니다. '우리나라가 이렇게 조그맣구나……' 서양 사람들이 쓰는 '대서양'을 중심으로 한 세계 지도를 보면, 우리나라는 저어 끄트머리에 아주 조그만 점 정도로밖에는 보이지 않으니까 충격은 더 컸죠.

그 세계 지도는 제게 넓은 세상에 대한 동경을 가져다준 동시에, '외국에 나가 우리나라를 알리는 일을 하겠다'는 의지를 길러주었습니다.

저는 우리 씩씩한 청소년 여러분이 보다 넓은 시야로 세상을 바라보고, 좀더 큰 꿈을 키웠으면 합니다. 세계에서 경쟁할 수 있는 인재가 되도록 말이죠. 여러분은 지금, 세상을 향해 그런 도전장을 낼 수 있는 '가능성의 시기'를 보내고 있습니다.

그것이 실현되기 위해서는 무엇보다 열심히 실력을 쌓아야 합니다. 꿈을 실현시키기 위해서는 자기만의 '도구'가 필요하니까요.

저는 독일에서 10년간 공부를 하고, 독일어, 영어, 프랑스어, 라틴어에 세르비아어도 조금은 할 줄 알지만, 요즘도 좋은 영화(특히 대사가 좋은)를 골라보면서 영어 공부를 합니다. 반기문 유엔 사무총장 역시, 지금까지 열심히 영어 공부를 하신다고 하더군요. 공부에는 끝이 없는 거지요.

저는 '모든 걸 잘하는 사람도 없고, 모든 걸 못하는 사람도 없다'고 생각합니다. 누구에게나 한 가지쯤 '잘할 수 있는 일'이 분명 있다고 믿습니다.

우리 한국 청소년들, 정말 치열하게 공부합니다. 그게 입시 때문이라는 게 좀 불행이지만요……. 문제는 그렇게 열심히 영어 실력을 쌓고 난이도 높은 수학 문제를 풀면서도, 정작 '자신이 원하는 일이 무엇인지'를 정확하게 알지 못한다는 사실입니다. 여전히 부모님 뜻에 따라 대학 학과를 정하고, 진로를 결정하는 사람이 많다는 사실에 놀라게 됩니다.

부모님들은 싫어하실지 모르지만, 저는 우리 청소년들이 '자신이 하고 싶은 일'이 무엇인지를 많이 생각해 보았으면 합니다. 의사나 변호사가 일류 직업이라고 해서, 그 직업이 모든 사람에게 만족과 행복을 주는 것은 아닙니다. 자신이 하고 싶은 일, 가장 잘할 수 있는 일…… 그걸 찾으세요.

제가 말했죠? 아무리 실력이 뛰어난 사람도 '좋아서 하는 사람'을 이길 수는 없다고. 좋아서 하는 사람은 하지 말라고 해도 더 열심히 하고, 그래서 결국은 최고가 되는 겁니다.

오늘 저는 여러분에게 이 질문을 남깁니다.

"네가 정말 하고 싶은 일은 뭐지?"

열심히 고민해서 정답을 얻기 바랍니다. 여러분이 우리나라를 세계의 중심으로 바꾸어가는 모습을 즐겁게 지켜보겠습니다.

영화 〈우리 생애 최고의
순간〉 제작자

심재명

Shim jae myung

2000년 이전만 해도 한국 영화계에서
최고 결정권을 가진 영화인은 거의 없었
다. 여전히 여성에게는 불모지이며 높다
란 성벽인 영화계에서, 영화 제작자 심
재명은 '100년 뒤에도 사람들의 기억
에 남을 영화'를 꿈꾼다.

조선 최초·최강 베스볼팀
YMCA 야구단
조선의 자랑, 조선의 희망
송강호·김혜수

보고싶다,
아부지야...
아이스케키
8월 24일 대개봉!

요녀석, 되게 울린다
안녕, 형아

미스터리 추리극
극락도 살인사건
2007년 4월, 20년간 은폐된 사건이 베일을 벗는다

여자들이
연애할때
알고싶은
남자에대한
모든것
광식이동생
광태

여덟발의 총성! 진실은 그곳에 있다
공동경비구역 JSA
JOINT SECURITY AREA

KOREA
그녀들은 포기하지 않는다!
우리
생애
최고의
순간
2008년 1월 대개봉!

코믹판타극
조용한가족

버스, 정류장

A New Age Love Story
접속

한석규·백윤식
내가 쏘면 행동개시야!
그때 그사람들

MYUNG
WAIKIKI BROTHERS
와이키키브라더스
진실한 삶의 모습을 되찾아라!
이 얼·황정민·박원상·오지혜·류승범·오광록
www.myungfilm.com | www.waikikibrothers.com

심재명 대표가 만들고 싶은 영화는 소박하고 작아도 사람들

에게 다가갈 수 있는 영화다.

"100년이 지나고도 사람들의 머릿속에 남는 것이 영화입니

다. 그렇기 때문에 영화가 그저 두 시간짜리 오락물이 되어서

는 안 됩니다. 주제성이 중요합니다."

꿈을 바꾼 영화 한 편

한순간 무엇엔가 확 꽂히는 경험을 할 때가 있다.

우연히 듣게 된 팝송 한 곡에 빠져서 그 가수가 부른 노래를 모두 찾아 다시 듣게 되는 경우, 스포츠엔 관심도 없었는데 좋아하는 친구가 야구광이라는 사실을 안 다음 열심히 야구 선수 이름을 외우게 되는 것, 비음 섞인 목소리로 완벽한 영국식 악센트를 구사하는 휴 그랜트에 빠져, 원수같이 여기던 영어를 죽기 살기로 공부하게 되는 것……

순식간에 사람을 사로잡는 '어떤 것의 매력'은 엄청난 흡인력을 가진다. 때로는 그 사람의 인생을 완전히 바꿔놓을 만큼.

중학교 1학년 때, 재명은 '화가'를 꿈꾸는 소녀였다.

섬세하고 긴 손가락을 가진 미술 선생님은 재명이 미술에 소질을 보인다며, 미대에 진학할 것을 권유했다. 선생님의 격려에 고무돼, 재명은 밤늦도록 미술실에 남아 그림을 그렸다.

그런데 어느 날 보게 된 영화 한 편이 그의 꿈을 단박에 바꿔버렸다. 〈몽빠르나스의 등불〉이라는 영화였다. 〈주말의 명화〉에서 방송된 그 영화는, 후기 인상파의 한 사람이었던 천재 화가 아메데오 모딜리아니의 일생을 담은 것이었다. 가족들이 모두 잠든 밤, 재명은 몰래 안방에 들어가 어둠 속에서 혼자 영화를 봤다.

모딜리아니를 연기한 배우 제라르 필리프는 얇은 입술에 고수머리를 하고 있었다. 선병질적인 느낌의 얼굴에 우울한 표정…… 제라르 필리프가 연기하는 천재 화가의 삶은 재명이 알고 있던 모딜리아니의 생, 그 너머를 보여주었다. 절대적 빈곤과 드라마틱한 삶으로 요절한 화가의 일생이 열네 살 소녀의 가슴을 먹먹하게 만들었다.

그날 재명은 자기 방으로 돌아와 혼자 무릎을 감싸 안고 껵껵거리며 울었다. 목젖을 움직이지도 않고 아주 조용히 와인 한 잔을 삼켰던 제라르 필리프는 그 후 오래 재명이 동경하는 이성으로 가슴속에 자리 잡았다.

"중학교 1학년 때로 기억해요. 친척 할머니 댁이 모두 휴가를 가

면서, 제가 1주일 동안 그 집을 보게 됐어요. 그때 우리 집은 형제가 많아서 늘 부대끼며 살았는데, 텅 빈 집에 조용히 혼자 있으니까 정말 좋더군요. 그 집 책꽂이에서 여성 잡지의 부록을 하나 발견했는데, 지금도 제목이 잊히지 않아요. '스타 스토리'라는 제목이었어요. 책에는 할리우드의 무성영화 시절과 당시 스타들에 관한 이야기가 담겨 있었는데, 그걸 읽으면서 굉장히 감동을 받았어요. 그때부터 '영화'라는 것에 관심을 가지게 됐죠. 〈몽빠르나스의 등불〉을 보면서 더 감동했던 게, '시대를 관통한 천재 화가의 삶을 영화로 만들 수 있다'는 사실 때문이었어요. 그래서 나도 영화를 만드는 사람이 되어야겠다는 생각을 하게 됐죠."

1970년대는 VCR이 없던 시절이었다. 영화를 보기 위해서는 극장에 가든가, 아니면 〈주말의 명화〉가 방송되는 토요일을 기다려야 했다.

오래전 고인이 된 영화 평론가 정영일 선생은 〈명화극장〉 예고편에 등장해 영화 내용을 소개하고 간단한 평을 곁들였다. 진지한 검은 테 안경에 약간은 객관적인 말투로 '오늘 소개할 영화는……' 이렇게 시작하는 정영일 선생의 영화 소개는 단연 인기였다. 요즘 영화 정보를 주는 텔레비전 프로그램이 화려한 화면에 기상천외의 내레이션으로 시청자를 현혹시킨다면, 그때의 영화 소개는 품격이 있었다.

정영일 선생은 대놓고 영화를 비평하는 적이 없었다. 소개하는 영화가 다소 질이 떨어질 때는 "배우의 연기가 좋습니다" 또는 "그래도 영화 속 풍경은 볼만합니다" 같은 표현으로 에둘러 평을 했다. 그러나 정말 좋은 영화일 때는 "절대 놓치지 마십시오!"라는 한마디로 영화 팬들을 늦은 밤 잠 못 들도록 만들었다. 재명 역시 〈명화극장〉을 통해 흑백으로 〈벤허〉와 〈로마의 휴일〉, 〈누구를 위하여 종은 울리나〉 같은 영화를 보며 성장했다.

그때 인상 깊게 보았던 또 한 편의 영화는 〈젊은이의 양지〉였다. 초등학교 6학년 무렵 본 이 영화에서, 배우 몽고메리 클리프트는 자신의 꿈과 야망을 위해 사랑하는 여인마저 버리고 파멸의 길을 걷게 되는 주인공을 연기했다. 그는 제임스 딘 이전에 우울한 젊은이의 초상을 연기한 대표적인 배우였다. 재명은 한동안 순수한 사랑과 어지러운 야망이 뒤섞인 감정을 고스란히 간직한 몽고메리 클리프트에 빠졌었다.

결핍은 사람을 강하게 한다 우울했던 사춘기

중학교 때부터 막연하게 영화감독이 되고 싶다는 생각을 했다. 제작자는 무슨 일을 하는 사람인지도 몰랐고, 영화에는 오직 감독과

남편 이은 감독과 함께 명필름 사옥 앞에서. 심재명 대표와 이은 감독 부부는 2001년 미국 연예 주간지 《버라이어티》가 뽑은 '주목할 만한 10명의 제작자'에 선정되었다.

• • •

"중학교 때부터 막연하게 영화감독이 되고 싶다는 생각

을 했다. 제작자는 무슨 일을 하는 사람인지도 몰랐고,

영화에는 오직 감독과 배우만 있는 것으로 생각했었다."

배우만 있는 것으로 생각했었다. 누가 시키는 것도 아닌데, 영화를 보고 나면 혼자 감상문을 썼다.

중학교 2학년까지는 공부 잘하는 똑똑한 여학생이었다. 그러나 그 이후 십대 시절은 그 자신 표현에 의하면 '위험한 사춘기'였다.

재명은 이미 초등학교 시절부터 또래의 다른 아이들에 비해 조숙했다. 초등학교 5~6학년 즈음, 화가 이중섭李仲燮의 전시회를 보러 가기 위해 혼자 버스를 타고 시내 백화점까지 간 적이 있었다. 다른 아이들은 이중섭이 누구인지 관심도 없을 때였다. 신문에서 '이중섭 전시회'에 관한 기사를 보고, 재명은 전시회에 갈 결심을 했다. 혼자 버스를 타고 명동의 백화점까지 가서 이중섭의 그림들을 보고, 다시 혼자 집으로 돌아왔다.

초등학교 3학년 때는 짧은 가출을 감행했던 적도 있었다. 정확한 이유는 기억이 나질 않는다. 아마도 '고루한 부모님'에 대한 반항심에서였을 것이다. 재명은 2남 2녀 중 둘째, 딸로는 장녀였다. 보수적인 부모님은 아들과 딸에 대한 생각이 달랐다. 딸보다 두 아들에 대한 기대가 컸고, 아들에게 더 관대했다.

재명은 그런 부모님이 불만이었다. 집을 나와 면목동부터 청량리까지 걸어서 갔다가 다시 되돌아왔다. 잠깐 동안의 조용한 반항이었다. 그런데 돌아와 보니 집이 텅 비어 있었다. 가족들이 모두 재명을 찾아 나간 것이었다. 그날 화가 난 어머니에게 부지깽이로 엄청나게 맞았던 기억을 잊을 수가 없다.

부족하고 채워지지 않는 것들을 갈망하며 십대 시절을 보냈다. 재명은 유난히 책 읽기를 좋아했지만, 부모님은 딸이 원하는 책을 마음껏 사줄 형편이 못 됐다. 친구들이 가지고 있는 하드커버 동화책 전집은 재명의 손에는 닿지 않는 행복이었다. 친척 아이가 가지고 있던 그 전집을 빌려다 몇 번이고 읽고 또 읽었는지 모른다.

가장 부러운 건, 동네 친구의 집에 있던 '세계문학전집'이었다. 재명은 하루가 멀다 하고 그 집으로 책을 빌리러 갔다. 책을 읽으면 등장인물과 그들이 살고 있는 마을의 배경, 감정이 그대로 살아나 재명이 머릿속에 상상의 세계를 만들었다.

하도 책을 빌리러 가는 게 미안해, 나중에는 동생에게 책을 빌려오도록 시켰다. 하지만 동생을 친구 집에 보내놓으면 마음이 놓이질 않았다.

'책을 꼭 빌려 와야 할 텐데…….'

조바심이 난 재명은 골목 귀퉁이에 숨어, 동생이 책을 빌리러 가는지 지켜보기도 했다.

조숙하고 생각이 많다 보니, 고민도 많았다.

친구 문제로 사춘기 가슴앓이를 했다. 재명은 무엇이든 자신이 좋아하는 것에 미칠 듯이 빠져버리는 성격이었다. 친구를 좋아하는 감정도 그렇게 절대적이었다. 하지만 친구는 그런 재명을 부담스러워했다. 혼자서 친구를 좋아하고, 그래서 외로웠다.

자신을 둘러싼 모든 것이 힘겨웠다.

'우리 집은 왜 이렇게 못살까?'

'나는 왜 이렇게 못생겼을까?'

잠도 안 자고, 공부도 안 하고, 그런 고민에 빠져 많은 시간을 보냈다.

"그때는 제가 가지지 못한 것들이 너무 아쉽고 안타까웠죠. 그런데 그 과정을 거치고 어른이 돼보니까, 풍족한 게 좋은 것만은 아니라는 생각이 들어요. 많은 걸 가진 사람은 '무언가를 꿈꾸는 게' 그렇게 강렬하지 않은 것 같아요. 그러나 그것들을 가지지 못한 사람은 절실한 꿈을 꾸고, 그걸 이루기 위한 노력을 하죠. 저는 집안 형편이 넉넉하지 못해서 학교에 다닐 때 끊임없이 아르바이트를 했어요. 초등학교 6학년 때, 주인집 꼬마 아이에게 한글을 가르친 적도 있어요. 하지만 결과적으로, 그런 환경이 저를 일찌감치 독립적인 인간으로 만들었어요. 조금 부족하고 모자란 것은, 그것을 채우려는 노력을 더 강하게 한다고 생각합니다."

심재명 대표 인터뷰 중에서

고등학교에 진학한 다음에는 아예 공부는 뒷전으로 하고 영화를 보러 다녔다. 그래도 부모님께 "영화감독이 되고 싶다"는 이야기를 내놓고 할 수는 없었다. 당시만 해도 영화에 관련된 일은 '별종들이나 하는 일'로 여겨졌었다. 고민 끝에 대학은 '국문과'를 선택했다.

등록금을 벌기 위해 끊임없이 해야 했던 아르바이트…… 힘든 생활 속에서도 열심히 프랑스 문화원을 드나들었다. 프랑스 문화원에서는 국내에 상영되지 않은 좋은 영화들을 실컷 볼 수 있었다. 영화 동아리와 불법으로 떠돌던 테이프들을 통해 접한 미지의 영화들이 든든한 바탕 공부가 됐다.

대학을 졸업하고 조그만 출판사에서 일하고 있을 때, 한 영화사 기획실에서 카피라이터를 뽑는다는 신문 광고를 보게 됐다. 서울극장(합동영화사) 기획실에서 카피라이터를 뽑는 것이었다. 오랫동안 기다렸던 운명이 내미는 손을 심재명은 놓치지 않았다.

지금도 영화계에는 여성 영화인이 드물지만, 그때는 더했다. 여배우와 의상, 분장 스태프 이외의 여성 영화인은 거의 없었다. 사람들은 '나이 든 아저씨'들의 세계에 들어선 심재명을 신기하게 바라봤다.

심재명은 이런 '남자들의 세계'에서 생존하는 방법을 스스로 터득해 갔다. 거친 남자들의 세계에 녹아들어 가기 위해, 그들과 같이 말하고 행동하려 애썼다. 자그마한 몸에 싹싹한 미소를 가진 재명은, 자신보다 훨씬 나이가 많은 영화계의 남자 선배들이나 신문사 기자들에게 "잘 부탁드립니다!", "많이 도와주세요!"…… 씩씩하게 인사를 하고 다녔다.

고1 소풍

"그때는 제가 가지지 못한 것들이 너무 아쉽고 안타까웠죠. 그런데 그 과정을 거치고 어른이 돼보니까, 풍족한 게 좋은 것만은 아니라는 생각이 들어요. 많은 걸 가진 사람은 '무언가를 꿈꾸는 게' 그렇게 강렬하지 않은 것 같아요. 그러나 그것들을 가지지 못한 사람은 절실한 꿈을 꾸고, 그걸 이루기 위한 노력을 하죠."

본래 톤이 낮은 목소리기도 하지만, 남자들과 이야기를 할 때면 더 걸걸한 목소리를 냈다. 성별이 모호한 '재명'이라는 이름 덕도 톡톡히 봤다. 전화 통화로 그를 '남자'로 여겼던 사람들은, 실제의 심재명이 여자라는 사실을 알고 놀라기도 했다.

" '여자니까 안 돼'라는 말을 절대 듣고 싶지 않았어요. '여자니까 이런 일은 못 할 거야'라는 선입관, '여자니까 안 된다'는 의식의 한계…… 그런 것들을 불식시키려고, 남자들보다 더 열심히, 더 늦게까지 일했죠. 그런 의미로 볼 때, 어려서 부모님으로부터 겪은 형제간의 남녀 차별도 나쁘기만 한 경험은 아니었다고 생각해요. 그 때문에 일찍부터 그런 남녀 차별에 대한 인식을 극복하려는 의지가 있었으니까요. '심재명은 자기 할 일은 씩씩하게 잘 해내는 사람'으로 인식되려고 최선을 다했죠." 심재명 대표 인터뷰 중에서

영화의 가치, 의미 중시하는 제작자

서울극장에서 외화 홍보하는 일을 하다가, 극동스크린이라는 회사로 옮겨 영화 기획과 제작에 관한 일들을 배우기 시작했다. 차근차근 단계를 거치며 영화 기획부터 제작, 홍보에 이르기까지, 영화

와 관련된 모든 업무의 노하우를 익힌 것이었다.

그 경험을 밑천으로 1992년 설립한 회사가 영화 홍보 마케팅 전문의 '명기획'이었다. 1990년대 한국 기획영화의 시발점이 된 〈결혼이야기〉1992, 〈그대 안의 블루〉1992, 〈게임의 법칙〉1992 같은 영화들이 모두 심재명 대표의 손을 거쳐 탄생했다. 그리고 3년 만인 1995년, 명기획은 '명필름'으로 바뀌고 심재명은 제작자로 변신했다.

남편인 이은 감독과 함께 설립한 명필름은 한국 영화사에 남을 영화 여러 편을 만들어냈다. 1997년 제작된 〈접속〉과 2000년 제작된 〈공동경비구역 JSA〉는 대종상 작품상을 수상했다. 〈접속〉은 한국 영화의 격을 한 단계 높였다는 평가를, 〈공동경비구역 JSA〉는 분단에 대한 새로운 시선을 담았다는 호평을 받으며, 두 작품 모두 흥행에 성공했다.

그러나 심재명 대표가 영화를 제작할 때 염두에 두는 첫 번째 조건은 '흥행'이 아니다. 명필름 초기 작품인 〈코르셋〉1996, 〈접속〉, 〈조용한 가족〉1998 등은 모두 신인 감독의 데뷔작이었고, 영화 소재도 흥행성과는 거리가 멀어 보였던 작품들이었다. 〈공동경비구역 JSA〉도 마찬가지였다. 처음 이 영화를 기획했을 당시, 충무로의 지인들은 '이 영화가 안 되는 이유'를 조목조목 나열해 가며 그를 만류했었다.

그럼에도 불구하고 심재명 대표를 움직이게 하는 것은 '영화의 관점, 가치, 의미' 그런 것들이다.

1994년 아시아태평양영화제에서 〈결혼이야기〉의 김의석 감독 등과 함께

" '여자니까 안 돼' 라는 말을 절대 듣

고 싶지 않았어요. 그런 선입관과 의

식의 한계 들을 불식시키려고 남자들

보다 더 열심히, 늦게까지 일했죠."

그는 영화의 주제성을 가장 중시한다.

"100년이 지나고도 사람들의 머릿속에 남는 것이 영화입니다. 그렇기 때문에 영화가 그저 두 시간짜리 오락물이 되어서는 안 됩니다. 주제성이 중요하죠. 저는 영화 제작 여부를 결정할 때 세 가지를 생각합니다. 첫째, 만들고 싶은 영화인가? 둘째, 만들 필요가 있는 영화인가? 셋째, 돈을 벌 수 있는 영화인가?…… 저는 목적 지향적인 사람이나 일은 좋아하지 않습니다. 흥행(돈)을 마지막으로 생각하고, 그보다는 영화의 관점과 의미를 먼저 생각하기 때문에 좋아하는 영화들을 할 수 있었던 것 같아요."

심재명 대표 인터뷰 중에서

심재명 대표가 '만들고 싶은 영화'는 소박하고 작아도 사람들에게 다가갈 수 있는 영화다. 그리고 그런 생각과 딱 맞아떨어지게 만들어진 영화가 〈우리 생애 최고의 순간〉2007이었다.

잘 알려진 것처럼 이 영화는 2004년 아테네 올림픽에 출전했던 국가 대표 여자 핸드볼 팀의 실화를 바탕으로 만들어진 것이다. 역대 최약체의 전력으로 평가되며 특별한 기대도 얻지 못했던 여자 핸드볼 팀……. 그러나 올림픽에 출전해 결승에까지 올랐고, 세계 최강 덴마크 팀과 연장에 재연장, 그리고 숨 막히는 승부던지기까지…… 심장 터질 듯한 투혼으로 온 국민을 감동시켰었다.

그 핸드볼 경기를 소재로 영화로 만들겠다고 했을 때, 사람들은 반신반의했다. 딱딱한 스포츠, 그것도 대중적 인기와는 거리가 있는 핸드볼을 가지고 영화를 만든다니?…… 기대와 의구심이 섞인 불안한 시선이 제작진을 향했다.

그러나 막상 영화가 개봉되자, 그 불안한 시선은 감동의 눈물로 바뀌었다.

그토록 열악한 조건에서도 절대 포기하지 않고 끝까지 싸우는 선수들의 맹렬한 투혼은 보는 이의 가슴을 뜨겁게 했다. '저렇게 열악한 상황에서도 최선을 다하는 사람들이 있는데, 나도 힘을 내야 한다'는 희망 메시지는 덤이었다.

영화는 어쩌면 밋밋하고 뻔한 인간 승리로 끝날 수도 있었다. 그러나 저력 있는 여성 감독 임순례와 똑똑한 제작자 심재명은, 마지막 1초까지 최선을 다하는 선수의 투혼을 주재료로, 등장인물 개개인의 고단한 삶을 잘 버무려 완벽한 '휴먼 드라마'로 만들어냈다. 여성 감독과 제작자만이 발휘할 수 있는 섬세함이 구석구석 스며들어 더욱 빛을 발한 작업이었다.

심재명 대표는 〈우리 생애 최고의 순간〉 광고 카피도 직접 썼다.

'아무도 그녀들을 믿지 않았다.'

그들은 다른 사람들이 믿어주지 않았던 영화를 통해, 그들 생애 최고의 빛나는 순간을 만들어냈다.

여성 제작자로서의 역할

제작자는 영화의 출발부터 완성까지를 온전히 책임져야 한다. 영화 한 편을 만드는 전 과정에서 발생하는 모든 문제, 즉 구성원 간의 갈등을 다독이고 감독과의 이견을 조정하며 매 순간 정확한 판단을 해야 한다.

'제작자'로서 심재명 대표는 분명 특별한 능력을 가진 사람으로 평가된다. 몇 번의 실패를 경험했던 박찬욱 감독을 흥행 감독으로 만든 것, 단편영화조차 만들어보지 못했던 김지운 감독에게 데뷔 기회를 주고, 오랜 세월 흥행과는 거리가 멀었던 임순례 감독에게 대중과의 접점을 마련해 준 것이 그랬다.

2000년 이전만 해도 한국 영화계에서 최고 결정권을 가진 여성 영화인은 거의 없었다. 1910년경부터 시작돼 100여 년 가까운 한국 영화 역사에, 여성 영화인으로 꼽을 수 있는 사람은 겨우 20~30명 안팎이 전부다. 여전히 여성에게 영화계는 불모지이며 높다란 성벽인 것이다.

20대 시절 남자들의 세계로 여겨졌던 영화계에 들어가, 자신이 여성이라는 사실조차 짐스러워하며 일을 했던 심재명 대표는, 그래서 더 '여성 제작자로서의 책임감'을 느낀다.

어쩌면 밋밋하고 뻔한 인간 승리로 끝날 수도 있었을 영화를, 마

지막 1초까지 최선을 다하는 선수의 투혼을 주재료로, 등장인물

개개인의 고단한 삶을 잘 버무려 완벽한 '휴먼 드라마'로 만들

어냈다. 여성 감독과 제작자만이 발휘할 수 있는 섬세함이 구석

구석 스며들어 더욱 빛을 발한 작업이었다.

"한때 외국에 나가면 가장 많이 듣는 이야기가 '한국 영화는 왜 그렇게 남성적이냐?' '한국 영화에는 맞는 여자가 왜 그렇게 많이 나오느냐?'…… 하는 것이었어요. 남자들 속에서 남자처럼 일하며 제 자신의 성 정체성에 대해 많이 생각했습니다. 나아가 '여성 영화인으로서의 정체성'은 무엇일까?…… 그런 생각도 하고요. 여성 영화인으로서, 최소한 영화 속에서 여성의 이미지가 왜곡되지 않게 보여줘야 하는 중요한 의무가 있다고 생각합니다."

심재명 대표 인터뷰 중에서

여성 제작자로서 관심을 가지고 있고, 또 잘 만들어보고 싶은 영화 장르 중 하나가 '가족영화'다.

그간의 도전에서는 흡족할 만한 결과를 얻지 못했다. 〈안녕, 형아〉2005는 절반의 성공이었고, 〈아이스케키〉2006는 실패였다. 한국에서 만든 가족영화는 재미없다는 인식 때문인지, 유독 제작과 흥행이 힘들다.

그래도 또 한 편의 가족영화를 준비하고 있다. 애니메이션 〈마당을 나온 암탉〉은 알을 품어 병아리 탄생을 보겠다는 소망을 간직한 암탉 '잎싹'의 이야기다.

암탉은 왜 배불리 먹고 편하게 살 수 있는 양계장 마당을 나왔을까? 자기 인생의 주인으로 살아간다는 것은 어떤 의미일까? ……

어른과 아이가 함께 보며 생각하고 감동할 수 있는 영화로 만들 생각이다.

사람들은 그가 지나치게 마니아적인 영화에 집착한다고 말한다. 좀더 상업적인 장르의 영화를 많이 만들어 한국 영화 활성화에 기여해야 한다는 요구도 있다. 물론 심재명 대표도 상업적 영화들에 대한 욕구가 없는 게 아니다. 그러나 처음 영화 제작을 시작했을 때도 그랬고 지금도, '돈을 많이 버는 것'이 첫 번째 목표가 될 수는 없다. 늘 그를 잡아끄는 것은 '개성 있는' 영화, '소박하면서도 감동이 있는' 그런 영화들이다.

'100년 뒤에도 사람들의 기억에 남을 영화'…… 오늘도 영화 제작자 심재명은 그런 영화를 생각한다. 그리고 그의 꿈이 계속되는 한, '심재명 표' 영화를 기다리는 사람들은 행복하다.

"지금은 많이 읽고
많이 보고
많이 생각할 때"

제 십대 시절은 수많은 고민으로 가득한 시간이었습니다.

'우리 집은 왜 이렇게 가난할까?'

'나는 왜 이렇게 생겼을까?'

'친구는 왜 내 마음을 알아주지 못할까?'

'어른들은 왜 이기적일까?'

내성적이고 소심하고 고집 센 성격 때문에, 세상과 친해지는 게 더 힘이 들었습니다. 그런 삭막하고 텅 빈 십대 시절을 가득 채워준 것은 '책'이었습니다.

단언컨대, 그 시절 읽었던 많은 책들이 지금까지도 제게 가장 큰 '재산'이라는 생각이 듭니다. 책을 통해 세상을 배웠고, 인간에 대한 이해도 하게 됐습니다. 사람 간의 관계라는 것이 얼마나 중요한 것인지, 다른 사람과 어떻게 소통해야 하는지도, 책이 가르쳐주었습니다.

그리고 무엇보다, 지금 제가 하는 영화 일에 있어서도 '많은 책을 읽은 것'이 도움이 됩니다. 제게 조금이나마 있는 문학적 소양이 '시나리오'를 읽고 고치는 데 도움을 주니까요.

여러분이 잘 아는 박찬욱 감독이나 김지운 감독 같은 분들의 이야기를 들어보면, 어떤 공통점이 보입니다. 모두 어려서부터 음악을 많이 듣고 책도 많이 읽고, 심지어 그림에 대해 깊은 관심과 지식을 가졌다는 점입니다. 보고 듣고 생각하는 것에 대한 관심이 합쳐져, 더 멋지고 감동적인 영화를 만들 수 있는 힘이 되는 거죠.

영화감독이 아닌 다른 어떤 사람이 되더라도, 많이 읽고 보고 느끼는 것은 여러분 인생에 훌륭한 자양분이 될 것입니다. 특히 십대 시절에 더 많이 읽고 느껴야 하는 이유는, 지금 여러분의 마음엔 여러 개의 방이 활짝 열려 있기 때문입니다. 어른이 되면 그 방문이 모두 닫히거나 몇 개 남지 않아서, 지금처럼 보고 느끼는 걸 모두 담기는 힘이 들거든요.

제가 처음 영화사에서 일을 시작했을 때, 사람들은 '남자들 속에서 일하기 힘들겠다'고 걱정 섞인 위로를 해주었지만, 저는 일하는 게 정말 즐거웠습니다. 제가 좋아하는 일(영화)을 하면서 돈도 벌 수 있다는 게 신 나고, 그래서 더 열심히 일을 했습니다.

가끔 이런 생각도 해봅니다.

'우리 부모님도 경제적으로 풍족하고 자녀 교육에 관심이 넘치는 분이어서, 내게 이것 해라 저것 해라…… 간섭 같은 관심을 두었더라면? 그럼 나는 어떤 사람이 되었을까? 영화와는 상관없는 전혀 다른 일을 하고 있을까?'

그 결과가 어땠을지는 모르겠습니다. 그러나 제 경험에 비추어 보

면, 가장 중요한 건 스스로 '좋아하는 일'을 찾아내는 것이라는 생각
이 듭니다. 다른 사람들이나 사회적 가치 기준에서 제시하는 좋은 직
업이 아니라, 내가 좋아하는 일, 밥을 먹고 잠을 자는 것도 잊을 만큼
좋아하는 일을 찾는 것이 가장 중요합니다. 그 정도로 좋아하는 일이
라면, 누가 하라고 하지 않아도 정말 열심히 하게 되니까요.

　좋아하는 일을 찾아내서, 자신감을 가지고 끈기 있게 그 일에 매달
리세요. 그렇지만 오직 성공 지향적이 되어 결과만을 좇는 사람은 되
지 말았으면 합니다. 결과에 대한 마음이 앞서다 보면, 순수한 열정이
길을 잃고 방황할 수도 있으니까요.

05

인터폴 여성 요원

최현아

전 세계를 무대로 범죄와 도피 행각을
벌이는 국제 수배자와 그를 쫓는 국제
경찰 '인터폴'의 긴박한 추격전을 본 최
현아는 주저 없이 인생의 목표 맨 위 줄
에 '인터폴 요원'이라고 써버렸다.

인터폴Interpol. 국제적인 범죄를 조사하고 정보를 교환하며 수사 협력을 도모하기 위해 1956년 설립된 국제형사경찰기구International Criminal Organization (ICPO). 회원 국가는 187개국이며 본부는 프랑스 리옹에 위치. 현재 대한민국 국가중앙사무국 인터폴 요원은 9명. 그중 두 명의 여성 요원이 활약하고 있음.

각국의 법체계와 제도 등의 허점을 교묘히 이용해 전 세계를 돌아다니며 범죄를 저지르는 국제 수배자들이 있다. 인터폴은 회원국끼리 전용 통신망으로 연결되어 신속한 국제 공조 수사가 이루어진다.

체력검사 라 등급, 경찰대학에 가다

현아가 '경찰대학'에 진학하겠다고 했을 때, 사람들의 반응은 한 마디로 '어이가 없다'는 것이었다.

"와…… 현아야, 너 100미터가 몇 초지?"

"경찰대학에 가려면 뒷산부터 올라갔다 와라."

친구들은 운동치 현아가 날렵하고 민첩한 경찰이 된다는 걸 상상할 수가 없었다.

현아는 도무지 '몸을 움직이는 것'과는 거리가 멀었다. 중학교 때 설악산으로 수학여행을 간 적이 있었다. 다른 친구들은 콧노래를 부르며 산을 오르는데, 현아는 산 입구에서 주저앉아 버렸다. 숨이 차서 걸을 수가 없었다. 낙오자가 된 현아는 선생님과 함께 등산로에서 하염없이 친구들을 기다려야 했다.

체력검사는 더더욱 죽음이었다. 특히 '오래달리기'는 단 한 번도 완주해 본 적이 없었다. 어떻게 뛰어도 늘 '라 등급'이었다.

그런 최현아가 경찰대학에 간다니…… 누구도 선뜻 '잘할 거라'고 말하는 사람이 없었다. 격려 대신 쏟아지는 걱정스러운 시선에 현아의 어깨도 움츠러들었다.

'정말 내가 할 수 있을까?…… 부모님도 왜 그렇게 힘든 길을 가려느냐고 걱정하시는데…….'

현아는 아랫입술을 지그시 깨물었다. 그래도 꼭 경찰이 되고 싶었다.

'결과가 어떻게 되건, 나는 최선을 다하면 되는 거야.'

고등학생이 된 뒤, 우연히 보게 된 텔레비전 프로그램 하나가 현아를 완전히 사로잡았다. 단순히 꽂힌 정도가 아니라, 번개를 맞아 감전이 되는 것 같은 충격이었다.

정확한 프로그램 이름은 생각나지 않는다. 내용은 '국제 범죄자를 추적하는 인터폴의 활약을 담은' 시사 프로그램이었다.

전 세계를 도피처로 삼아 범죄와 도피 행각을 벌이는 국제 수배자와 그를 쫓는 경찰들의 긴박한 추격전에서 눈을 뗄 수가 없었다. 홍콩에서 활약하는 인터폴 요원의 인터뷰는 정말 멋있었다.

그때 최현아는 완전히 인터폴에 매료돼 버렸다. 인생의 목표 맨 위 줄에 주저 없이 '인터폴 요원'이라고 써버렸다.

필기시험은 그다지 걱정할 게 없었다. 현아는 외국어고 영어과에서도 공부 잘하는 여학생이었다. 잠시, 아주 잠시 '롤러장'에 빠져 성적이 떨어진 적이 있었다. 홀수 자리에 들던 성적이 전교 37등까지 떨어졌을 때, 차마 부모님께 성적표를 보여드릴 수가 없었다. 성적표를 책상 속 깊이 넣어놓고 며칠 동안 고민을 했다. 그러나 비밀은 오래가지 못했다. 백화점에 가셨던 부모님이 담임 선생님을 만나는 바람에 롤러장의 일탈은 끝이 나고 말았다.

경쟁률이 높은 경찰대학은 성적이 우수해야 시험을 치를 수 있다. 그러나 성적이 아무리 좋아도 체력검사를 통과하지 못하면 소용이 없었다.

궁리 끝에 현아는 매일 저녁 운동장을 뛰기로 했다. 자율 학습이 끝난 뒤의 운동장은 깜깜하고 적막했다. 처음에는 한 바퀴, 다음 날은 두 바퀴…… 그렇게 조금씩 늘려가며 운동장을 뛰었다.

두 달 정도를 뛰고 나자 조금씩 몸이 가벼워지는 것을 느꼈다. 무엇보다 큰 소득은, 운동에 대한 두려움이 사라지고 자신감을 얻게 된 것이었다.

드디어 경찰대학의 체력 검사 날.

1,000미터 달리기는 맨 마지막 테스트였다. 현아에게는 가장 힘

든, 너무도 길고 까마득하게 느껴지는 운동장 트랙……．

　현아는 달리고 또 달렸다. 숨은 턱까지 차오르고 가슴이 터져버릴 것 같았다.

　'이건 내 꿈을 이루기 위한 첫 번째 다리를 건너는 거야.'

　결국 시간 내 완주에 성공했다. 비록 결승선을 통과하자마자 사정없이 토하긴 했지만. 어쨌거나 성공이었다! 120명 신입생 중 여학생 12명을 뽑는 53:1의 경쟁률을 뚫고, 당당히 경찰대학 예비 학생이 된 것이다.

육체의 한계는 정신력으로 극복

　"3학년이 된 다음, 신입생들의 체력검사를 구경한 적이 있어요. 제가 달렸던 운동장을 힘들게 뛰는 앳된 학생들 모습이 안쓰럽기도 하면서, 한편으로는 '저 정도도 못 뛰나?' 그런 생각이 들더군요. 1,000미터가 너무 짧게 보이는 거예요. 그런 여유를 부리게 된 제 자신을 보며 웃었어요. 경찰대학 3년간의 생활이 저를 그만큼 변화시켰던 거죠." 최현아 경위 인터뷰 중에서

　오래달리기는 아무것도 아니었다.

경찰대학 정식 입학 전, 3주간의 예비 입학 과정이 시작될 때까지 현아는 '이제부터 시작될 일'이 어떤 것인지를 잘 알지 못했다.

경찰대학 체육관을 들어설 때까지도 보통의 '예비 소집'을 생각하고 있었다. 나눠주는 훈련복으로 갈아입은 다음 '머리를 정리해야 한다'며 미용실로 향하게 했을 때에야, 자신이 상상한 것 이상의 무엇이 있다는 걸 느낄 수 있었다.

생전 처음 잘라본 귀밑 3센티미터 짧은 머리. 거울 속의 자신이 낯설고 신기했다.

예비 입학 과정은 그렇게 시작되었다. 오전 6시에 일어나 체조와 구보를 마치고 아침 식사를 한 다음, 하루 종일 교육과 훈련이 계속되었다.

모든 생활이 공동이었고, 잘못을 저질러도 공동의 책임이었다.

한 번은 PT체조 중에 누군가의 주머니에서 '바나나' 한 개가 떨어졌다. 3분으로 제한된 식사 시간에 밥을 제대로 먹지 못한 한 학생이 나중 먹을 요량으로 바나나를 챙겨 왔던 것이다. 땅바닥에 구르는 바나나를 보면서 웃을 수도 울 수도 없는 상황이었다.

벌칙은 2배의 훈련이었다. 배가 고파 바나나 한 개라도 먹겠다는 걸, 기합까지 줘야 하나?…… 그 당시에는 혹독하다고 원망을 했었다. 그러나 나중 생각해 보니, 일찌감치 '규칙'에 대한 엄격한 당위성을 심어주기 위한 과정이었다는 생각이 들었다.

대학원 졸업

“현아야, 너 100미터가 몇 초지?”

“경찰대학에 가려면 뒷산부터 올라갔다 와라.”

현아가 경찰대학에 진학하겠다고 했을 때, 사람들의

반응은 한마디로 ‘어이가 없다’는 것이었다. 친구들

은 운동치 현아가 날렵하고 민첩한 경찰이 된다는 것

을 상상할 수가 없었다.

긴장의 연속이었다. 그중에서도 학생들을 얼어붙게 하는 것은 저녁 점호 시간이었다. 아무리 열심히 청소를 해도, 훈련 교관의 하얀 면장갑이 한 번만 쓱 훑고 지나가면 시커먼 먼지가 묻어 나왔다. 청소기도 없이 오직 물걸레로만 청소를 하니, 구석의 먼지는 해결하기가 힘들었던 것이다. 공포의 면장갑은 기가 막히게 구석구석 먼지를 찾아냈다.

청소 상태가 불량인 경우, 가차 없이 그 자리에서 '팔 굽혀 펴기' 명령이 떨어졌다. 그것도 주먹을 쥔 상태에서의 팔 굽혀 펴기는 너무나 고통스러웠다. 일주일쯤 지나자 손등 마디에 고름이 차올랐다. 그래도 열외는 없었다.

기합을 받고 잠자리에 들어도 마음을 놓을 수가 없었다. 언제 또 '비상'이 걸릴지 모르기 때문이었다. 한밤중 비상 사이렌이 울리면 무조건 운동장으로 뛰쳐나가야 했다. 잠옷 바람으로 어깨동무를 한 채 오리걸음을 걷고, 눈밭을 이리저리 굴렀다.

불과 며칠 전까지 어머니가 챙겨주는 따뜻한 밥을 먹고, 가끔은 투정도 부렸을 열아홉 살 아이들에겐 견디기 힘든 일이었다.

아침 기상 때마다 틀어주던 H.O.T.의 〈캔디〉가 너무너무 싫었다.

'햇살에 일어나 보니 너무나 눈부셔. 모든 게 다 변한 거야……'

울고 싶었다. 정말 자신을 둘러싼 모든 게 달라져 있었다.

"얼마쯤 지나고 나니까 중도 포기자가 나오기 시작했어요. 포기를 한 사람들은…… 자기가 생각했던 것과 너무 차이가 나니까 포기를 택했던 게 아닐까요? 저는 그 사람들이 단순히 힘이 들어서 포기했다고는 생각하지 않아요. 자신의 인생 전체를 두고, 더 현명한 선택을 하려고 했던 거겠죠. 저도 너무 힘이 들어서 포기하고 싶다는 생각도 했었어요. 그런데 '내가 선택한 길이니까' 포기하면 안 된다는 생각이 들었어요. 부모님의 반대를 무릅쓰고 내가 원해서 선택한 길이니까, 꼭 해내야 한다는 다짐을 했죠. 힘든 훈련도 '하겠다'는 마음만 먹으면 못 할 게 없었어요. '육체의 한계는 정신력으로 극복할 수 있다'는 걸 깨달았어요. 재미있는 건, 중도 포기자 모두 남학생이었다는 사실이에요. 여학생 12명은 한 사람도 낙오자 없이 예비 과정을 마쳤습니다."

어느 날 밤, 또다시 깊은 잠을 흔들어 깨우는 사이렌이 울렸다.

잠옷 바람으로 뛰쳐나간 운동장에는 하얀 눈까지 소복하게 쌓여 있었다. 그 위를 '우로 취침', '좌로 취침'…… 또다시 정신없이 굴렀다. 쌩쌩 부는 한겨울 바람에 온몸이 부들부들 떨렸다.

그렇게 얼마나 훈련을 했을까?…… 교관은 훈련생들을 일으켜 다시 전열을 가다듬더니, 난데없이 동서남북 방향을 가르쳐주는 것이었다. 모두 어리둥절한 얼굴로 서로를 바라보았다.

"자, 지금부터 각자 부모님이 계신 방향을 향하여, 세배를 실시합니다. 실시!"

그제야 여기저기서 웅성거리는 소리가 들렸다. 다음 날이 바로 '설'이었던 것이다.

현아도 부모님이 계시는 '목포' 방향을 찾아 큰 절을 올렸다. 머리가 땅에 닿기도 전에 눈에서는 굵은 눈물방울이 하염없이 흘러내렸다.

경험만큼 사람을 성장하게 하는 것은 없다.

집을 떠나보니 부모님이 얼마나 소중한지를 깨닫게 됐다. 어렵고 고통스러운 상황을 견뎌내면서, 비로소 자신을 지켜주는 부모님에 대한 고마움을 알게 됐다.

3주간의 입학 예비 과정을 거치며, 열아홉 살 아이들은 그렇게 훌쩍 어른으로 성장해 있었다.

바닥? 그다음은 올라갈 기회!

경찰대학 과정은 일반 대학과 다르다. 기본 학과목 외에 경찰로서 갖추어야 할 여러 가지 기본 소양들을 쌓아야 한다. 사격과 체포술, 무도를 배우고, 여름에는 2주간 계속되는 '수영 학기'도 있다.

한여름 야외 수영장에서 하루 종일 하는 수영은, 스포츠가 아니라 중노동 수준이다. 새빨갛게 익어 들어가는 등과 팔 때문에, 침대에 눕는 것조차 괴로울 지경이었다. 여학생들에겐 조금이라도 얼굴을 덜 타게 하는 것이 최고의 관심사였다. 선크림을 하도 많이 발라, 중국 경극 배우처럼 새하얗게 된 서로의 얼굴을 바라보며 웃음을 터뜨리곤 했다.

고등학교 때까지 운동과는 담을 쌓고 살았던 최현아는 무도 종목 중에서도 '검도'를 선택했다. 한여름, 무거운 검도복에 호구까지 쓰고 검을 휘두르며 뛰다 보면 사우나가 따로 없었다. 그럼에도 검도는 허약하던 현아의 체력을 강하게 만들어주었고, 정신 수양에도 많은 도움이 되었다.

가장 역사적인 일은, 마침내 '총을 쏘는' 멋진 꿈을 실현시켰다는 것이다.

인터폴 요원의 푸른색 와이셔츠 등을 감싸고 있던 갈색 가죽 밴드, 허리쯤에서 총을 뽑아 총구를 겨누던 모습이 그렇게 멋질 수 없었다.

현아는 수없이 상상하고 또 상상했다. 총을 잡으면 떨리지 않을까? 방아쇠를 당기는 순간은 어떤 느낌일까?…… 생각을 하는 것만으로도 가슴이 떨렸다.

그러나 처음 사대에 선 순간은 달랐다. 상상 속에서 흥분하고 떨었던 것과는 달리, 마음이 차분해지면서 '잘 쏘고 싶다'는 생각이 들

2007년 호주 캔버라에서 개최된 세계여성경찰대회

• • •

한여름 야외 수영장에서 하루 종일
진행되는 경찰대학의 수영 학기. 여
학생들에겐 조금이라도 얼굴을 덜 타
게 하는 것이 최고의 관심사였다. 선
크림을 하도 많이 발라, 중국 경극 배
우처럼 새하얗게 된 서로의 얼굴을
바라보며 웃음을 터뜨리곤 했다.

었다. 오랫동안 간절히 바라며 머릿속에 그렸던 순간이었기 때문일까?…… 차분히 집중이 되면서 과녁이 선명하게 눈에 들어왔다. 말로는 설명할 수 없지만, 새로운 경험이었다.

최현아는 지금도 어지간한 남자들과 겨룰 정도의 사격 실력을 가지고 있다.

1, 2학년 때만 해도 남학생들과 여학생들 사이에 묘한 분위기가 있었다. 똑 부러지게 자기 일 잘하는 여학생들을 남학생들이 은근히 견제하는 분위기였다. 말도 잘 걸지 않고, 팀을 구성할 때면 여학생을 끼워주지 않으려 눈치를 보이기도 했다. 간혹 불만 섞인 목소리로 "여학생은 왜 받는 거야?"…… 과격한 한마디를 던지는 남학생도 있었다.

현아는 그럴수록 그들에게 다가가려 노력했다. 밥을 먹을 때도 스스럼없이 옆자리에 가서 앉고, 동아리 활동에도 적극적으로 참여했다.

"저는 '사회적 편견'과 싸우라고 배웠지, 남자들과 싸워서 이기라고 배운 적은 없었던 것 같아요. 어차피 경찰이 되면 남자, 여자 구분 없이 동료가 되고 선후배가 되는데, 서로를 경쟁자로만 여겨서는 안 되죠. 경쟁하면서 협력하는 동반자가 되어야 한다고

생각했어요. 3학년쯤 되니까 남학생들 분위기도 조금씩 달라지더군요. 남녀 구분 없이 동기, 친구로서 똘똘 뭉치는 느낌이었어요. 함께 힘든 훈련을 받고 어려운 시간을 견뎌내면서 자연스레 싹튼 동기 의식이 아니었나 싶어요."

그러나 모든 것이 완벽할 수는 없었다. 1학년 때 현아는 바닥을 경험했다. 법학과 60명 중 48등.

중간도 아니고, 뒤쪽으로 더 가까운 성적표…… 공부 잘하는 학생들만 모였다는 외국어고에서도 상위권에 들었던 현아에게는 충격이었다. 머릿속이 뒤죽박죽이었다. 스스로 타당성을 만들 이유가 필요했다.

'그래, 새로운 환경에 적응하기 너무 힘들어서 그랬던 거야. 낯선 사람들에 엄격한 규율까지……. 나는 거의 공황상태였다고…….'

그러나 마음 한편에서는 다른 목소리가 들려왔다.

'무슨 소리야? 너랑 똑같은 상태에서도 누군가는 1등을 했잖아! 너는 변명의 여지가 없어.'

부끄러웠다. 스스로 중심을 잡지 못하고 1학기를 보냈다는 생각에 할 말이 없었다. 한 번 실수를 할 수는 있지만, 같은 실수를 반복하면 그건 정말 못난 사람이다!

현아는 다시 마음을 다잡았다.

'바닥도 나쁘지 않아. 이제부터 다시 올라갈 기회가 있잖아!'

아무리 생각해도 신기한 일이었다. 현아는 타고난 긍정 마인드의 소유자가 아니었다. 오히려 소심하고 남 앞에서 쉽게 위축되는 소극적인 아이였다.

현아가 이야기를 하면, 할아버지는 "목소리 안 들린다. 크게 말해라!" 하고 호통을 치셨다. 다른 사람들 앞에서 소리 내 웃어본 기억이 없을 정도였다.

그랬던 그가 경찰대학에 들어온 뒤에는 스스로 끝없이 자가 발전을 하며, 자신의 상황을 이겨내려는 동력을 만들어내고 있었던 것이다. 정말 어떤 마음을 가지느냐에 따라 상황이 달라질 수 있다는 걸 느낄 수 있었다.

일찌감치 맛본 '바닥'의 좌절은 최고의 자극제가 됐다. 졸업 때는 전교 10등 이내의 우수 졸업자로, 대학원 진학이라는 혜택까지 얻게 된 것이다.

인터폴은 경찰 외교관

꿈꾸던 순간이 생각보다 빨리 다가왔다. 대학원을 졸업하고 잠시 인천청에 근무하다, 외국어대에서 6개월 교육을 받고 2006년 본청에 발령을 받았다.

'경찰청 외사국 인터폴계 최현아 경위.'

현재 우리나라 인터폴은 경찰청 외사국에 속해 있다. 인터폴 전체 인원은 9명. 그중 여성 요원은 단 두 명뿐이다.

여성 요원만 적은 것이 아니라, 전체 인원수에서도 다른 나라들과 비교할 수가 없다. 미국은 100여 명, 일본은 40명, 태국의 경우 60명의 인터폴이 활약한다. 우리는 상대적으로 적은 인원에 많은 업무량을 책임질 수밖에 없다.

최현아 경위는 그사이 일본, 오세아니아, 유럽, 인터폴 사무총국, 아프리카를 거쳐 현재는 핵심 지역인 미주 지역을 담당하고 있다. 올해로 경력 4년째의 베테랑 인터폴 요원이 됐다.

"인터폴을 통한 국제 공조 수사의 최대 이점은 신속성입니다. 회원국끼리 전용 통신망으로 이어져 있어서 실시간으로 연락이 가능합니다. 만약 수배자가 A나라에서 출국해 B나라로 가고 있다면, A나라 인터폴에서 메시지를 보내, 수배자가 B나라에 입국하는 즉시 체포 가능하게 됩니다. 사건 관련 조사를 할 때도 인터폴 통신망을 이용해 협조문을 보내게 되면, 상대 회원국에서는 그 사건을 조사해 결과를 알려주게 되죠. 국제 관계에서는 형식적인 문제들 때문에 장시간을 요구하는 문제들이 많은데, 인터폴은 이런 불편을 해소하는 창구가 되는 셈입니다." 최현아 경위 인터뷰 중에서 그러나 단점이 있다면, 상호 협력 체제에 근거할 뿐 법적인 강제력을 수반하지 않는다는 것이다. 따라서 상대 회원국의 협조가 미흡해 수배자를 체포하지 못하는 경우에도 강제적인 방법을 쓸 수는 없다.

그런 한계 때문에 눈앞에서 범인을 놓치는 안타까운 경험을 할 때도 있다.

한 번은 일본 인터폴에서 급하게 연락이 왔다. 200억 원대의 사기 수배로 인터폴 적색 수배범죄자의 소재를 조사하는 것를 받고 있는 우리나라 사람이 일본에 입국 심사 중임을 알려온 것이다. 우리나라 인터폴에서는 일본에 즉시 입국 거부를 하고 우리나라로 추방 조치를 해줄 것을 요청했다. 그러나 일본의 답은, 입국 거부는 가능하지만 추방은 어렵다는 것이었다.

일본에서 입국 거부를 당한 수배자는 그사이 홍콩으로 이동하고 있었다. 이번에는 홍콩 인터폴에 범인 체포에 관한 요청을 했다. 결국 마카오 경찰이 그 수배자를 잡고 현지 이민청에서 추방을 결정하기 직전까지 갔지만, 그 수배자는 변호사를 선임하고 경제력을 이용해 석방이 되고 말았다. 다 잡았다고 생각한 범인을 놓치고 만 것이다. 인터폴의 적색 수배가 체포 영장으로서의 효력을 가지지는 못하기 때문에 어쩔 수 없는 일이었다.

하지만 이런 안타까운 경우보다는 성공적으로 수배자를 잡는 경우가 더 많다.

수배자가 잡히면 송환을 위해 호송관으로 출장을 가기도 한다. 그는 태국과 말레이시아로 호송관 출장을 다녀온 적이 있다. 여성 수배자가 잡힌 경우, 여성 호송관이 동행하는 것이 일반적이다.

범죄를 저지르고 다른 나라 이곳저곳을 떠돌다, 초라한 모습으로 한국행 비행기에 앉은 범인들을 보면 여러 가지 생각을 하게 된다. 범인에 대한 연민, '인생을 잘 채워가야겠다'는 생각…… 그러나 무엇보다 정의를 실현하고 '죗값'을 치르게 했다는 뿌듯함이 가장 크다.

"인터폴은 사건 해결만 하는 것이 아니라, 다양한 국제 회의 참석을 통해 우리나라 경찰을 세계에 알리는 기회도 얻습니다. 세계의 경찰들을 만나면서 견문도 넓히고 한국 경찰, 특히 여성 경찰의 당당한 모습을 보일 수 있다는 게 보람된 일입니다. 인터폴은 경찰 외교관인 셈이죠. 나중에 기회가 된다면 외국에 나가 우리나라 교민의 안전을 책임지는 경찰 주재관으로 일하고 싶습니다. 아직 우리나라 경찰에서 여성 주재관이 배출된 적은 없어요."

최현아 경위 인터뷰 중에서

처음 외사국에 발령을 받았을 때는 북새통 같은 경찰서를 떠난 것이 좋았다. 그런데 외사국 근무 4년째로 접어든 요즘은 가끔 북적거

"인터폴은 사건 해결만 하는 것이 아니라, 다양한 국제 회의 참석을 통해 우리나라 경찰을 세계에 알리는 기회이기도 합니다. 세계의 경찰들을 만나면서 견문도 넓히고 한국 경찰, 특히 여성 경찰의 당당한 모습을 보일 수 있다는 게 보람된 일입니다. 인터폴은 경찰 외교관인 셈입니다."

리는 일선 경찰서의 분위기가 그립다. 사람들과 부딪치며 일하고 싶다는 마음이 들기도 한다.

경찰이 되고 맨 처음 발령을 받은 곳은 인천 부평경찰서 교통사고 조사반이었다. 당시만 해도 일선 경찰서에 여성 경찰이 드물던 때였다. 그가 부임하고 1년 뒤에야 부평경찰서에 여성 숙직실이 생겼다.

경찰서 교통사고 조사반에 근무하면서 음주 운전자가 그렇게 많다는 것을 처음 알았다. 밤마다 술에 취한 운전자들과 씨름을 하며 조서를 받는 게 일이었다.

교통사고 조사를 하는 것도 쉬운 일이 아니었다. 서로 악을 쓰며 상대방이 잘못했다고 주장하는 사람들을 놓고, 가해자와 피해자를 가리기 위해서는 신중하고 또 신중해야 했다. 교통사고는 사고 직후 서로 감정이 격앙된 상황에서 접하기 때문에, 사람을 다루는 또 다른 능력이 요구되는 일이었다.

그럴 때면 여성 경찰 특유의 부드럽고 차근차근한 일처리로 해결을 해나갔다. 함께 현장에 나가 상황을 파악하고, 양쪽의 주장을 들어가며 문제를 해결하다 보면, 처음엔 감정이 상해 억지를 쓰던 사람들도 서서히 누그러지며 나중에는 원만하게 해결을 보곤 했던 것이다.

"여경으로 근무하면서 힘들었던 것은 업무가 아니라 편견이었습

니다. '여자니까' 라는 단서를 달아 알아서 배려하는 것 같은 분위기도 사절이지만, '여자는' 이라는 꼬리를 달아 깎아내리는 것도 싫었습니다. 사실 경찰 업무에서 여성이기 때문에 특별히 힘든 일은 없습니다. 강력 범죄를 다루는 형사 부서를 제외한다면, 다른 부서는 오히려 여성의 섬세함이 더 빛을 발할 수 있는 업무이기도 합니다. 똑똑한 여학생들이 경찰에 더 많이 지원했으면 좋겠어요."

현재 우리나라의 직업 경찰은 약 8만 명 정도다. 그중 여성은 4퍼센트밖에 되지 않는다. 여성 경찰 10퍼센트를 만드는 것이 여성 경찰계의 목표다.

최현아 경위는 '한 사람의 여성'이 조직에 들어가 미치는 영향은 20명, 30명 몫이라고 했다. 최근 여성 경찰들의 눈부신 활약이 자주 보도되는 것을 보면, 이미 딱딱한 경찰 조직에도 새로운 바람이 불기 시작한 것은 아닐까 하는 즐거운 생각을 해보게 된다.

"적극적인 생각이 인생을 바꾼다!"

가끔 제게 '정말 인터폴이 맞느냐?'고 묻는 사람들이 있습니다. 사람들은 경찰, 그것도 인터폴이라면 범상치 않은 외모로 번개같이 뛰어다니며 범인을 잡는 모습을 연상하는 모양이에요.

고등학교 시절까지의 저는 아주 소극적이고 자신감 없는 여학생이었습니다. 작은 목소리에, 남들 앞에 나서는 걸 몹시 두려워하는 아이였죠. 고등학교 때까지 큰 소리로 웃어본 기억이 없을 정도로 '조용한 아이'였습니다.

그런 제가 경찰대학에 가겠다고 했을 때, 주변 사람들의 반응이 어땠을지는 상상이 되시겠죠? 거의 아연실색, 황당무계…… 그런 시선들이었습니다.

그런데도 한번 '인터폴'에 꽂힌 제 마음은 바뀌지를 않았습니다. 그리고 그걸 이뤄야겠다는 결심이 서고 나니까, 제 자신도 알지 못했던 적극적인 저의 모습들을 보게 됐어요.

운동장 몇 바퀴도 숨이 차 뛰지 못하던 제가, 남학생들과 똑같이 팔

164

굽혀 펴기 500개를 하고 구보에 산 타기, 힘겨운 체력 훈련들을 끄떡없이 해낸 것은 기적에 가까운 일이었죠.

저는 스스로 경험을 통해 배웠습니다. 간절하게 원하는 어떤 것, 그리고 그것을 이루겠다는 강한 의지가 있다면, 세상에 이루지 못할 것은 없다는 걸 말이죠.

인터폴로 일하는 건 아주 흥미롭고 신 나는 일입니다. 무엇보다, 법질서와 정의를 수호하는 제 일에 만족을 느낍니다.

187개국이나 되는 많은 나라의 인터폴이 하나의 전용 통신망을 통해 범죄 정보를 주고받으며 범죄자를 체포하기까지의 작업은, 짜릿함을 느낄 정노로 멋신 일입니다. 노 다양한 국제 회의에 참석해 세계의 경찰들을 만나면서 견문을 쌓아가는 것도 흥분되는 경험이고요.

조금 더 넓은 세계를 경험하며 일하는 제가, 청소년 여러분에게 당부하고 싶은 것은 세 가지입니다.

첫째 실력, 둘째 몸과 마음의 건강, 셋째 적극성.

자신을 증명할 수 있는 것은 결국 실력이고, 몸을 던지는 적극성은 그것을 완벽하게 실현시켜 줍니다. 하고 싶은 일이 있다면, 뒤돌아보지 말고 그 목표를 향해 달려가세요. 제가 오래달리기에 도전했던 것처럼 말이에요.

전 세계여성법관회의 부회장

김영혜

2006년 호주 시드니에서 열린 제8차 세계여성법관회의. 김영혜 판사가 연설을 마치자 세계 각국의 여성 법관들로부터 기립 박수가 쏟아졌다. 2년 뒤, 김영혜 판사는 아시아인 최초로 부회장에 선출되었다.

• • •

'법의 여신'은 한 손엔 저울, 한 손엔 칼을 든 채 눈을 가리고 서 있다. 저울은 평등을, 칼은 법 집행의 엄격함을 의미한다. 눈을 가리는 것은 주관을 없애고 객관적으로 재판하겠다는 뜻이다.

초임 판사로 법원에 처음 출근한 날이었다.

새내기 판사 김영혜는 두근거리는 가슴을 누르고 판사실 문을 들어섰다. 조심스레 실내로 들어서자, 가장 먼저 산더미 같은 서류가 쌓인 책상들이 눈에 들어왔다. 사무실은 너무 조용해서, 침을 삼키면 그 소리마저 들릴 것 같았다. 엄숙하다 못해 근엄한 분위기였다.

일반 직장에 들어간 친구들은, 동료들끼리 농담도 하고 커피도 마신다던데…… 판사실에서는 하루가 다 가도록 말을 붙여 오는 사람이 없었다. 들리는 소리라곤 '사각사각'…… 종이 넘기는 소리뿐이었다.

점심밥을 먹으러 가서도 마찬가지였다. 까마득하게 높은 부장 판사님과 선배 판사는 조용히 밥을 먹었다. 그러곤 사무실에 돌아오자

마자, 다시 서류 더미 속으로 들어가 버렸다.

모두 서류에 얼굴을 묻고 있는 모습을 보면서 그는 생각했다.

‘판사는 수도승 같은 사람이구나…….’

산속의 절보다, 성당보다 더 엄숙한 사무실에서, 신출내기 판사는 앞으로 자신이 가야 할 길을 골똘히 생각하고 있었다.

팔방미인 고강, 부당한 것에 저항했던 십대 시절

고등학교를 졸업하고 대학에 진학할 때까지, 판사가 되리라는 생각은 없었다.

부모님은 개방적이고 민주적인 분이어서, 3남 2녀에 대해 아들, 딸 구분이 없었다. 자녀들의 장래에 대해서도 ‘무엇을 하라’거나 ‘무엇이 되라’고 요구하는 분들이 아니었다. 아이 스스로 생각하고 선택하도록 기다려주고, 그 선택에 대해 존중해 주셨다.

1970년대만 해도, 공부 잘하는 여학생은 ‘의대’보다 ‘약대’를 가는 게 어울리는 것으로 생각하던 시절이었다. 여학생들에겐 ‘가정과’나 ‘영문과’가 인기 학과였다.

마침 영혜에겐 외무고시에 합격한 오빠가 있었다. 오빠는 영어도 잘하고 공부를 잘해, 영혜에겐 롤 모델 같은 존재였다. 막연하게 ‘외교관이 될까?’ 하는 생각을 가졌던 것도 오빠 때문이었다.

중학교 시절, 영혜는 친구들에게 인기 있는 여학생이었다. 교내 합창 대회의 지휘도, 소풍에서 사회를 도맡아 보는 것도 영혜였다. 스스로 나서는 쪽은 아니었지만, 시키면 무엇이든 해내는 팔방미인이었다. 물론 공부도 잘했다.

후배들 중에는 열성적인 팬레터를 보내는 아이들도 있었다. 170센티미터가 넘는 훤칠한 키에 시원한 생김새를 가진 영혜의 보이시한 매력에 빠진 추종자들이었다.

사실 영혜가 '팔방미인'이 된 것은 넘치는 '호기심' 때문이었다. 초등학교부터 중학교에 다니는 동안 피아노, 기타, 가야금 연주를 배웠고, 그림과 서예도 했다. 부모님이 권해서가 아니었다. 피아노 치는 친구를 따라 학원에 갔다 '피아노 치는 게 재미있어 보여서' 배울 결심을 했다. 붓글씨는 친척 언니 때문이었다. 어렵게 생긴 한자 붓글씨를 척척 써내려 가는 모습이 왠지 폼 나고 멋있어 보였다. 어려서부터 늘 '점잖게 보이길 좋아했던' 영혜의 취향에 딱 맞아떨어졌다.

피아노를 치면 선생님은 칭찬을 하셨다.

"영혜가 드디어 제대로 피아노 소리를 내는구나!"

기타를 배울 때도, 가야금을 배울 때도, 선생님들은 모두 칭찬을 하셨지만, 영혜는 스스로 만족하지 못했다.

'나는 창의력이 부족한가 봐……'

누가 뭐라고 하는 것도 아닌데, 혼자 실망을 하곤 했다.

하지만 자신이 먼저 '배우겠다'고 나서 놓고, 쉽게 그만둘 수는 없었다. 세 가지 악기 모두 스스로 생각하는 '어느 정도의 수준'이 될 때까지 열심히 계속했다.

서예는 그중 가장 좋아했고, 그래서 꽤 오랜 기간 공을 들여 배웠다. 그때 서예 선생님은 그쪽 분야에서 유명하신 선생님이었다. 하루는 제자들에게 호를 지어주시며, 영혜에게 '고강古矼'이라는 호를 주셨다.

'오래된 돌다리'라는 뜻의 '고강'…….

어린 영혜는 고리타분한 호가 마음에 들지 않았다.

'고강? 고강이 뭐야? 좀 멋진 이름으로 지어주지!'

선생님은 어린 제자의 불평을 읽기라도 한 것처럼 설명을 곁들이셨다.

"오래된 돌다리는 하찮아 보이지만, 모든 사람에게 요긴한 것이다. 아픈 사람, 힘든 사람을 모두 건네주는 돌다리처럼, 너도 그런 쓰임새 있는 사람이 돼라."

판사가 된 다음, 고강이라는 호는 그에게 각별한 의미가 되었다. 가난한 사람, 억울한 사람의 사정을 살펴 옳고 그름을 가려주어야 하는 판사에게 그만큼 어울리는 이름은 없었다.

선생님은 선견지명이 있으셨던 걸까?

중학교까지 반짝반짝 빛나던 김영혜에게 최대 시련이 찾아온 건 고등학교에 진학하면서부터였다. 추첨을 통해 들어간 고등학교는 영혜가 기대했던 학교가 아니었다.

영혜가 다닌 중학교는 지역의 전통 명문 중학교였다. 전체적인 학교의 분위기가 좋았다. 무엇보다 학생들을 대하는 선생님들의 태도가 인격적이었다. 학생들을 야단칠 때도 한 줄로 세워놓고 "반성해라" 점잖게 한 말씀 하시는 정도였다. 학생들 역시 선생님의 꾸지람 한마디에 스스로를 돌아볼 줄 알았다.

그런데 고등학교는 전혀 다른 분위기였다. 조그만 잘못에도 무릎을 꿇게 하고 매를 드는 체벌이 다반사였다. 그렇다고 공부를 열심히 하는 분위기도 아니었다. 그때까지 집에서나 학교에서 늘 인격적인 대접을 받으며 자란 영혜에게는 견디기 힘든 환경이었다.

혼자 조용한 저항을 하기 시작했다. 학교에서는 거의 말을 하지 않았다. 공부도 안 했다. 더러 학교에 가지 않는 날도 있었다. 영혜의 기본을 믿으셨던 부모님은, 학교에 가지 않는 것에 대해 별다른 말씀을 하지 않으셨다.

혼자 방에 틀어박혀 고민을 했다.

'나는 문제아도 아니고, 좋은 선생님들과 열심히 공부하는 게 꿈인데 그게 왜 안 되는 거지?'

그렇다면 학교를 거부할 수밖에 없다고 생각했다.

아쉬움 많은 고등학교 3년은 그렇게 지나갔다. 대학 진학도 뜻대로 되지 않았다. 예비고사 점수는 잘 나왔지만, 바탕 공부가 튼실하지 못했던 탓에 서울대 진학의 꿈은 이루지 못했던 것이다.

마음가짐이 삶을 바꾼다

"고등학교 때 열심히 공부를 하지 않았다는 사실이, 오랫동안 저를 괴롭혔어요. 스스로 '기본이 부족한 사람'이라는 콤플렉스에서 벗어나기 힘들었죠. 나중에 대학에 가서도, 심지어 판사가 된 다음까지 그게 짐이 됐어요. 나이를 더 많이 먹고서야 생각한 것이지만, 고등학교 때 제 방법은 옳지 않았어요. 마음에 들지 않는 환경이라고 해도 회피하면 안 되는 거였죠. 그 환경에 적응해서 극복해 냈어야 했어요."
김영혜 판사 인터뷰 중에서

고등학교 3년을 그렇게 힘들어했는데, 다시 '원하지 않는' 학교였다. 전공인 영문학에도 전혀 흥미를 느낄 수가 없었다. 그나마 영어 써클에 가입해 영시를 공부하고 영어 연극에 참여하며 대학 생활을 이어갔다.

1학년이 거의 끝나 가던 무렵 어느 날, 동아리 선배로부터 '편입시험'에 관한 이야기를 듣게 됐다. 곧 연세대 경영대와 고려대 법대에 편입시험이 있을 거라는 이야기였다. 그 이야기를 듣는 순간, 영

고등학교 소풍

• • •

서예 선생님은 영혜에게 '오래된 돌다리'라는 뜻의 '고강'이라는 호를 지어주셨다. 어린 영혜는 고리타분한 호가 마음에 들지 않았다. 선생님은 영혜의 불평을 읽기라도 한 것처럼 설명을 곁들이셨다. "오래된 돌다리는 하찮아 보이지만, 모든 사람에게 요긴한 것이다. 아픈 사람, 힘든 사람을 모두 건네주는 돌다리처럼 쓰임새 있는 사람이 돼라."

혜는 눈이 환해지며 세상의 다른 면이 보이는 것 같았다.

'아…… 그래, 이거야! 나는 다시 할 수 있어!'

언제부턴가 자신이 엉뚱한 길로 접어들었다는 생각을 하고 있었다. 그러면서도 어쩔 수 없이 그 길을 뚜벅뚜벅 걸어가고 있는 게 힘들었다. 그런데 이제 다시 제대로 된 길을 가르쳐줄 표지판이 나타난 느낌이었다.

부모님께 말씀도 드리지 않고 편입시험에 응시했다. 선택은 고려대 법대, 100:1의 경쟁이었다. 겨우 4~5명의 편입생을 뽑는데, 몇백 명의 학생이 몰려들었다. 치열한 경쟁률을 뚫고 편입시험에 붙었을 때는, 나중에 사법시험에 붙었을 때보다 더 가슴 벅차고 기뻤다. 몇 년 만에 맛보는 성취감이었다.

합격이 그토록 기뻤던 건, 단지 일류 대학에 다니게 됐다는 사실 때문이 아니었다. 고등학교 때 그랬던 것처럼, 영혜는 '자신이 더 열심히 하도록 자극을 주는 어떤 것'을 원했다. 그것은 치열하게 함께 공부하는 친구들일 수도 있고, 열성적으로 학생들을 이끄는 선생님일 수도 있었다. 무엇인가 자신에게 동기를 부여하며 '너는 더 멋지게 성장해야 한다'고 이끌어주기를 바랐다. 그런 자극이 없는 학교생활이 영혜를 힘들게 했다.

편입시험을 치르기 전에 다닌 학교도 결코 떨어지는 학교가 아니었다. 특히 영문과는 예비고사에서 높은 점수를 받은 학생들이 모인 학과였다. 그러나 '좋은 점수를 받고도 자신이 원하는 대학에 진학하지 못했다'는, 차선의 선택에 대한 열패감을 가진 학생이 대부분이었다. 강의실 분위기는 어딘가 모르게 가라앉고 의기소침했다.

김영혜 판사 인터뷰 중에서

공부가 정말 재미있었다.

영혜가 막연하게 알고 있던 '법학'은 딱딱한 것이었다. 막상 법대에 편입을 하고도, 베개만큼 두꺼운 법전 속 깨알 같은 글자들을 보며 '휴…… 이걸 언제 다 공부하나?' 걱정이 앞섰던 게 사실이다. 그러나 강의를 듣고 공부를 하기 시작하면서, '법학'이 세상 어떤 학문보다 실제적이며 재미있는 공부라는 사실에 매력을 느끼기 시작

초등학생 시절 처음 문을 연 어린이회관(현재 남산도서관)

• • •

부모님은 개방적이고 민주적인 분이어서, 아들, 딸 구분이 없었다. 자녀들의 장래에 대해서도 '무엇을 하라'거나 '무엇이 되라'고 요구하는 분들이 아니었다. 아이 스스로 생각하고 선택하도록 기다려 주고, 그 선택에 대해 존중해 주셨다.

했다. 법대 강의는 우리 생활과 관련된 구체적인 사건들을 다루는 것이라 흥미 만점이었다.

예를 들어, 도둑이 남의 집에 들어가 물건을 훔쳤다면?

당연히 절도죄로 법의 처벌을 받게 된다.

그러나 남의 집에 물건을 훔치러 들어갔던 도둑이 마음이 변해 그냥 나올 수도 있다. 도둑 1번은 주인에게 들킬까 봐 겁이 나서 그냥 나왔고, 도둑 2번은 늘 착하게 살라고 당부하던 어머니가 떠올라 물건을 훔치지 않고 그냥 나왔다. 이때의 처벌은 어떨까?

두 도둑 모두 죄명은 '절도 미수'다. 그러나 형량은 판사에 따라 달라질 수 있다. A판사는 똑같은 절도 미수로 보고 같은 처벌을 내릴 수도 있지만, B판사는 '어머니를 떠올리며 돌아 나온 도둑'의 인간적 반성을 정상 참작해 좀더 가벼운 처벌을 내릴 수도 있기 때문이다.

법학 공부는 법조문을 배우는 것이 아니라, 법의 원리를 알고 그것을 어떻게 이해, 해석하느냐를 배우는 것이어서, 공부를 할수록 새롭고 흥미진진했다.

공부를 열심히 해야 하는 이유는 또 있었다. 법학과 130명 학생 중, 여학생이라고는 단 두 명. 더구나 영혜는 2학년에 새롭게 편입한 '키 큰 여학생'이어서, 더 많은 관심이 집중될 수밖에 없었다. 1년 늦게 시작한 공부까지 꼭꼭 채워가며, 다른 사람의 몇 배를 공부하지 않으면 안 됐다.

여성 진출 활발해진 법조계

2008년 사법고시 2차 합격자 발표에서는 여성 합격자 비율이 38퍼센트로 사상 최고치를 기록했었다. 또 2009년 2월 법무부 신임 법관 임용에서는 전체 92명 중 여성 판사가 70퍼센트를 넘었다. 이것 역시 최고의 기록이다. 최근 몇 년 사이, 똑똑한 여학생들이 고시에 적극적으로 도전하고, 법조계 진출도 활발해졌다.

하지만 고 이태영 박사는 1952년 여성 최초로 사법고시 합격을 하고도 '여성이라는 이유'로 판사 임용에서 제외됐었다. 김영혜 판사가 사법고시를 준비했던 1980년대까지도 여전히 여성의 법조 진출은 드물었다. 여성이 사법고시에 합격하면 신문과 방송에서 인터뷰를 할 정도였다.

법대생 김영혜는 대학 3학년이 되어서야 사법고시 준비를 시작했다. 그 이전에는 막연하게 '교수'가 되고 싶다는 생각을 하고 있었다. 대학원에 진학해 더 많은 공부를 하고, 학생들을 가르치는 일을 하고 싶었다.

어느 날 교수님께서 "집에서 뒷바라지해 주시면 유학 갔다 와서 교수 해라" 하고 말씀하셨다. 그 이야기를 듣는 순간 영혜는 자신의 집이 그다지 풍족하지 않다는 생각을 했다. 지방 공무원인 아버지께 유학 뒷바라지를 부탁드리는 것은 아무래도 버거운 일일 것 같았다. 큰 고민 없이 계획을 바꾸기로 했다.

" '법'이라는 게 꼼꼼하고 세심한 업무 수행을 요구하는 분야라, 섬세한 여성에게 더 적합한 일이라고 볼 수 있습니다. 반대로 여성은 형식적인 면에서 남성보다 약하다거나, 전체를 보는 시각이 좀 떨어지고 부분적인 것에 집중한다거나 하는 점들이 있어 아쉽습니다.

'사법고시도 괜찮아. 공부는 끝이 없지만, 고시는 결판이 나잖아!'

사법고시로의 방향 전환은 그렇게 자연스럽게 이루어졌다.

'판사'가 수도승이라면, '고시생'은 차가운 법당 바닥에서 3천 배를 올려야 하는 중생이나 다름없었다. 멀고, 험하고, 외로운 과정이었다. 고시에 합격하기까지 3년의 시간이 걸렸다.

사법고시 도전 첫 해의 결과는 실패였다. 나름 열심히 공부를 했는데, 왜 실패였을까? …… 원인이 무엇인지를 곰곰이 생각해 봤다.

문제는 '고시에 대한 부담감'이었다. 영혜는 시험에 대한 부담감 때문에, 새벽부터 도서관에 나가고, 쉬는 시간도 거의 없이 공부를 했다. 밥도 잘 먹지 못하고 스트레스를 받다 보니 체중이 줄었다. 시험이 임박했을 때는 몸이 엉망이었다.

두 번째 도전에서는 자신의 신체 리듬과 컨디션에 맞도록 시간표를 짰다. 워낙 아침잠이 많았기 때문에, 잠은 충분히 자기로 했다. 도서관에는 느지막이 나갔다. 점심을 꼭 챙겨 먹고, 공부하는 중간 휴식 시간도 충분히 가졌다. 남들이 새벽부터 잠 안 자고 공부한다고, 그것이 자신에게도 좋은 방법이 되지 않는다는 걸 알았던 것이다. 다른 사람이 속도를 내도 곁눈질하지 않고, 자신의 속도를 유지하려 애썼다.

1985년 두 번째로 고시를 치를 때는 완벽한 준비를 할 수 있었다.

“고시 공부를 할 때 많이 외로웠어요. ‘고시’라는 건, 정보 교환도 필요하고, 그래서 여러 명이 모여 스터디를 하거나 토론을 하는 게 많은 도움이 되는데, 저는 혼자 공부를 했거든요. 그때는 남학생과 여학생이 함께 공부한다는 것도 어색하던 때여서 더했지만…… 어쨌거나 정보 교환이나 공동 작업에서는 여학생들이 남학생보다 좀 소극적인 것 같아요. 이런 점은 우리 여학생 후배들이 염두에 두고 좀더 활발한 자세로 바꿔갔으면 합니다.”

김영혜 판사 인터뷰 중에서

여성의 법조계 진출이 활발해졌다고 해도, 여전히 법원이나 검찰의 고위직에는 여성이 수적으로 열세다. 과거에는 여성 판사에게 형사 재판이나 당직 업무를 맡기지 않는 걸 당연하게 여겼었다. 외형적으로는 여성 판사를 배려하는 듯이 보이지만, 사실상 주요 업무에서 여성을 배제시킨다는 인상을 지울 수 없었다.

그 같은 법원 내의 남녀 차별에 대해 강하게 투쟁한 여성 선배들도 있었다. 어떤 이는 그런 사람들을 두고 “여성 판사는 피곤해” 하며 얼굴을 찡그렸지만, 그건 ‘남성이 주류를 이루는 사회에 들어선 선구자 여성들’이 벌여야 했던 어쩔 수 없는 싸움이었는지도 모른다.

김영혜 판사는 그런 싸움을 현명하게 해냈다.

여성을 동료로 생각하는 개념이 없는 사람들에게는, 확실한 업무

역량을 보여줌으로써 다른 소리를 하지 못하도록 했다. 능력 있는 여성 판사를 '살림부터 챙겨야 하는 아줌마'로 전락시킬 때는, "살림보다 사회 일을 더 잘하는 여자도 있어요!"라고 당당하게 응수했다.

국제적인 활동도 눈부셨다.

2006년에는 호주 시드니에서 열린 제8차 세계여성법관회의IAWJ에서 김영혜 판사가 했던 연설은 큰 반향을 일으켰었다. 당시 회원국 참가자들은 한국의 법률 시스템에 별 관심이 없었다. 한국이 선진 법률 국가로 자리 잡고 있다는 걸 아는 사람도 없었다. 그러나 김영혜 판사가 한국의 호주제 폐지와 여성 종중원을 인정한 대법원 판례를 예로 들어 연설을 하자, 사람들은 놀랍다는 눈빛으로 경청을 했다. 연설이 끝나고는 기립 박수가 쏟아졌다. 그 2006년 세계여성법관회의에서 김영혜 판사는 아시아·오세아니아 지역 이사로 선출되었고, 2008년에는 아시아인 최초로 부회장에 선출되기도 했다.

2010년 세계여성법관회의 회의를 우리나라에 유치해 놓은 상태에서 김영혜 판사의 판사직 사퇴는 아쉬움이 많이 남는다. 스스로도 자신과 같은 여성 선배들이 법원에 남아 더 많은 일을 하면서 후배들에게 길을 열어주어야 한다는 것을 알고 있지만, 그는 2009년 2월 판사직에서 물러나 변호사로서 새로운 도전을 선택했다.

그러나 여전히 자신이 몸담고 있는 법조계에, 더 많은 여성 후배들이 진출해 활발한 활동을 하기를 기대하고 있다.

" '법'이라는 게 꼼꼼하고 세심한 업무 수행을 요구하는 분야라, 섬세한 여성에게 더 적합한 일이라고 볼 수 있습니다. 반대로 여성이 가지는 약점도 있죠. 형식적인 면에서 남성보다 약하다거나, 전체를 보는 시각이 좀 떨어지고 부분적인 것에 집중한다거나…… 그런 점들은 아쉬운 부분입니다. 만약 법조계를 희망하는 여학생이라면, 공적 생활에 대한 훈련이 필요하다는 것을 조언하고 싶습니다."

김영혜 판사 인터뷰 중에서

판사는 사회적 봉사자

언젠가 김영혜 판사는 자신의 단골 카센터에 동료 판사 여럿을 소개한 적이 있다. 저렴한 수리비에 차를 잘 고치는 카센터가 마음에 들어 여러 사람이 단골로 다녔다.

하루는 차를 고치러 간 김영혜 판사를 보고, 카센터 사장이 씁쓸한 미소를 지었다.

"허…… 판사님들 때문에, 우리 아들놈이 판사는 절대 되지 않겠답니다."

"……?"

"카센터에 오는 판사님들 차를 보고 실망했대요. 판사들은 진짜

세계여성대법관회의 임원진들

2006년 세계여성법관회의에서 김영혜 판사가 한
국의 호주제 폐지와 여성 종중원을 인정한 대법원
판례를 예로 들어 연설하자, 회원국 참가자들은
놀랍다는 눈빛으로 경청했다. 연설이 끝나고는 기
립 박수가 쏟아졌다.

가난한가 보다고…… 판사는 절대 되지 않겠다네요."

어린 학생의 눈에는 구형 자동차를 수리하러 오는 판사가 가난하게만 보였던 모양이다.

김영혜 판사에게도 고등학생 딸이 있다. 자고 일어나면 연예인 대박 스타가 탄생하고, 'CF 한 편에 몇억을 받았다', '강남에 몇백억짜리 빌딩을 지었다'…… 이런 뉴스가 넘쳐 나는 요즘, 현실과 이상 사이에 가치관의 중심을 잡아주기가 힘들다는 생각을 하기 때문이다.

지금 우리 사회가 지나치게 돈과 출세 지향주의로 흘러가는 건 아닐까?…… 걱정을 하다가도, 똑똑하고 생각 바른 아이들이 스스로 생각의 중심을 잡을 것이라고 믿는다. 세상을 살아본 경험이 있는 사람들은, 긍정의 힘이 더 강하게 우리가 사는 세상을 이끌어간다는 걸 믿기 때문이다.

예전엔 신임 판사가 되면 재판장이 직접 '법복'을 입혀주는 의식이 있었다. 처음 법복을 입으면서 '이제 함부로 행동해서도 안 되고 함부로 말을 해서도 안 되며, 오직 법 앞에 공정해야 한다'는 마음의 다짐을 두는 의식이었다.

'법의 여신'은 한 손엔 저울, 한 손엔 칼을 든 채 눈을 가리고 서 있다. 저울은 평등을, 칼은 법 집행의 엄격함을 의미한다. 눈을 가리는 것은 주관을 없애고 객관적으로 재판하겠다는 뜻이다.

"돈이나 출세를 목표로 하는 사람은 판사가 될 수 없습니다. 남보다 뛰어난 규범 의식, 정직, 정의, 인간적 바탕…… 그런 것들을 중요하게 생각하는 사람이라야 할 수 있는 일이죠. 사회적 봉사자라는 책임감이 없이는 할 수 없는 일입니다."

김영혜 판사 인터뷰 중에서

* 김영혜 판사는 2009년 2월 18일 서울중앙지법 판사직을 퇴임하고, 현재는 변호사로 활동 중입니다.

김영혜 전 세계여성법관회의 부회장

"'우리'를
생각하는 사람으로
성장하길!"

지금까지 제 인생에 가장 후회가 되는 것은 '고등학교 시절'에 대한 아쉬움입니다. 대학도 마치고, 판사까지 된 사람이 까마득히 오래전 고등학교 시절의 아쉬움을 털지 못하는 것에 의아해할지도 모르겠습니다. 그러나 학생으로서 최선을 다하지 못한 그때가 제게는 정말 일생일대의 아쉬움이며 상처로 남은 시간입니다.

대학에 진학해서도, 사법고시를 준비할 때도, 심지어 판사가 된 다음에도…… 제 마음속에는 늘 '나는 기본이 부족한 사람'이라는 짐이 있었습니다.

사법고시를 준비할 때, 제가 다른 학생들과 적극적으로 어울려 함께 공부하지 못했던 것도 그 이유였습니다. 제가 기본이 없는 사람이라는 걸 다른 사람들이 알게 될까 봐, 저를 열어 보이기가 겁이 났던 거죠. 참 오랫동안 그 짐을 끌어안고 힘겨워했습니다.

잘한 일을 앞세우지 않고, 제가 저지른 최고의 후회스러운 일을 강조해 이야기하는 것은, 실패로부터 더 많은 것을 배우기 때문입니다.

지금 다른 사람보다 힘든 상황에 처해 있다면, 그걸 피하지 말고 이겨 내려고 노력해 보세요. 어려움과 정면 대결을 해본 사람은 훨씬 강해지고 더 많은 자신감을 얻게 될 것입니다.

　요즘 어린 친구들을 보면 얼굴도 멋지고 실력도 빼어난데, 한편으로는 아쉬움을 느끼게 하는 부분도 있습니다. 너무 끈기가 없는 건 아닌지, 또 지나치게 개인주의적인 건 아닌지…….

　WBC 국가 대표 야구 팀 김인식 감독은 이런 말을 해서 사람들을 감동시켰습니다.

　"국가가 없으면 야구도 없다."

　맞는 말입니다. 국가가 없으면 스포츠노, 법노, 돈노, ㄱ 사치를 가지지 못합니다.

　저는 여러분이 지나치게 자신만의 실력, 자신만의 발전에 매달리지 않았으면 합니다. 엄밀하게 말하자면 자신만의 실력으로 발전하되, 그것의 쓰임은 사회와 국가를 위한 더 큰 일에 쓰고자 하는 마음이기를 바랍니다.

　이 복잡하고 커다란 세상은, 혼자의 힘으론 움직여지지 않습니다. 똑똑하고 지혜롭고 또 착한 여러 사람의 힘이 한데 모일 때 조금씩 움직여간다는 것, 우리는 모두 그 한 부분이 될 의무가 있다는 걸 잊지 말았으면 합니다.

많은 경험이

세상 보는 눈을 뜨게 한다!

김주하

Kim ju ha

2007년 김주하 앵커는 MBC의 주말
〈뉴스데스크〉를 혼자 진행했다. 한 방송
국의 간판 뉴스 프로그램을 여성 앵커가
단독으로 진행하는 것은 방송 사상 처음
있는 일이었다.

들 신상명세

방송 뉴스가 남성 앵커의 전유물이고, 여성 앵커를 뽑는 기준에 실력 못지않게

외모가 중시되는 풍토에서, 김주하 앵커의 단독 뉴스 진행은 드디어 여성이 뉴

스의 주체적 존재가 된 것이라고 말해도 지나치지 않은 일일 것이다.

김주하 앵커는 우리나라 방송 뉴스 역사에 남을 기록을 가지고 있다. 방송 사상 최초의 여성 단독 앵커, 김주하.

2000년 5월부터 2006년 3월까지 MBC 〈뉴스데스크〉 여성 앵커를 맡았고, 2007년 첫 여성 단독 앵커로 주말 〈뉴스데스크〉를 진행했다. 현재는 〈뉴스 24〉를 역시 단독으로 진행하고 있다.

사실 1990년대까지만 해도 방송 뉴스는 남성 앵커의 전유물인 것처럼 여겨졌다. 기자 출신 남성 앵커가 뉴스의 주가 되고, 여성 앵커는 거의 보조 역할에 머무는 정도였다. 남성 앵커가 정치나 주요 현안을 전하고 나면, 여성 앵커는 중요도가 떨어지는 뉴스들을 전하는 식으로 역할 분담이 되었다. 여성 앵커를 뽑는 기준에는 실력 못지않게 외모가 중시되었다.

이런 뉴스 풍토에서 김주하 앵커의 단독 뉴스 진행은, 드디어 여성이 뉴스의 주체적 존재가 된 것이라고 말해도 지나치지 않은 일일 것이다.

김주하의 '앵커에 대한 꿈'은 어떻게 보면 고지식할 정도였다. 그는 앵커가 되기 위해 대학 입학시험도 두 번이나 치렀다.

고등학교 3학년 때, 정상적으로 학력고사를 치러 서울에 있는 한 대학에 입학했었다. 그리고 앵커의 꿈을 이루기 위해 구체적인 준비를 시작하던 대학 2학년 때, 친구들로부터 충격적인 이야기를 들었다. '앵커들은 대부분 비슷한 학교 출신이 많다'는 것이었다. 그때까지 앵커로 활동한 사람들의 출신 학교를 찾아보니 정말 그럴듯했다. 특히 여성 앵커 중에는 이화여대 출신이 많았다.

'그래, 이화여대에 가야겠다!'

이미 대학 2학년…… 그것도 절반이 지나 여름 방학이 시작된 때였다. 그사이 대학 입학시험은 '수학능력시험'으로 바뀌어 있었다. 수학과 과학은 학원 강사를 했을 정도의 실력을 가지고 있었기 때문에 다른 과목만 공부하면 됐다. 걱정하며 말리시는 부모님을 간신히 설득을 한 뒤, 휴학계를 내고 시험 준비를 했다. 그리고 그해 겨울, 수학능력시험에서 좋은 성적을 얻어 마침내 이화여대에 입학할 수 있었다.

다른 친구들은 대학 생활 절반을 보내고 3학년이 되는 때에, 김주하는 꿈을 이루기 위해 다시 신입생이 되는 길을 선택했던 것이다.

앵커 꿈 위해 치른 두 번의 대학 시험

'앵커'가 되겠다고 마음먹은 것은 고등학교 2학년 때였다.

고등학교 시절, 주하는 교내 '신문반' 활동을 했다. '거울'이라는 이름을 가진 학교 신문은 한 달에 한 번씩 발행이 되었다. 학교 신문인데도 많을 때는 36페이지를 제작할 만큼 분량이 만만치 않았다.

신문반의 한 기수는 총 4명이었다. 겨우 4명이 기사 아이템을 정하고 취재를 하고 사진 찍고 교정까지 보려면 늘 시간이 모자랐다. 다른 학생들이 밤늦게 도서관에 남아 공부를 할 때, 신문반원들은 11시까지 남아 취재를 하거나 기사를 써야 했다.

공부할 시간은 그만큼 부족했다. 고등학교에 입학할 때만 해도 연합고사 점수가 전교 10위 안에 들 정도였던 주하의 성적은 점점 하향 곡선을 그리기 시작했다.

생전 아이들에게 매를 드는 법이 없던 어머니는 '당장 신문반을 그만두라'며 매를 들기까지 했다. 주하는 평소 어머니 말씀이라면 절대복종하는 착한 딸이었지만, 신문반을 그만두라는 이야기만은 따를 수가 없었다.

나중에는 어머니가 신문반 선생님께 직접 전화를 걸어 따지기에 이르렀다. 그럼에도 끝내 주하는 신문반을 떠나지 않았다. 신문을 만드는 일, 뉴스의 매력에 흠뻑 빠져들고 있었기 때문이다.

사실 고등학교에 진학할 때까지만 해도 주하의 꿈은 '의사'가 되는 것이었다. 어렸을 적부터 잦은 병치레로 병원을 드나드는 일이 많았고, 그래서인지 의사라는 직업이 좋아 보였다. 무엇보다 의사가 되면 '봉사를 할 일이 많으니까 좋을 것'이라는 생각을 했다.

부모님은 항상 '남을 위해 뭔가를 하라'는 말씀을 하곤 하셨다. 어머니는 지금도 자신에게 생기는 돈의 절반은 무조건 어려운 사람을 위해 쓰시는 분이다.

그런 부모님의 영향으로, 주하는 '나이 마흔을 넘기면 돈벌이는 그만두고 열심히 봉사를 해야겠다'(그때는 나이가 어려서, 마흔 살을 엄청 늙은 것으로 생각했었다)는 생각을 가지고 있었고, 그런 일을 하기에는 '의사'라는 직업이 적합하다고 생각했던 것이다.

그런데 고등학교 시절 내내 신문 만드는 일을 하면서, 주하에게 변화가 생기기 시작했다. 점점 뉴스를 많이 보게 되고, 예전엔 그냥 건성으로 보던 뉴스가, 이젠 어떤 과정을 거쳐 어떻게 만들어졌을까를 생각할 정도의 관심으로 발전하게 됐다.

처음에는 기자가 되고 싶어 관련 책자를 찾아보고 뉴스도 꼬박꼬박 챙겨보았다. 그런데 그렇게 계속 뉴스를 보다 보니, 어느 순간 뉴스 앵커가 되고 싶어졌다.

'뉴스 앵커가 되기 위해서는 어떤 학과를 가야 할까?'

당시에는 인터넷이 활성화되지 않은 때라 정보를 얻는 일도 쉽지 않았다. 고작해야 서점에 가서 뉴스 앵커가 쓴 책을 찾아보는 게 전부였다. 고민 끝에 방송사에 직접 전화를 걸었다.

"저, 앵커가 되려면 어떤 학과를 졸업해야 하나요?"

"전화를 받은 분은 좀 황당했을 거예요. 그런데 저는 정말 그걸 알아야 했으니까, 창피고 뭐고 없이 아주 씩씩하게 전화를 걸었죠. '신문방송학과를 나와야 하느냐?'고 물어봤어요. 저는 그때 이과였고 문과로 바꿀 수 없었기 때문에, 그게 가장 마음에 걸렸거든요. 그런데 다행히 '학과는 상관없고 4년제 대학을 나온 사람이면 누구나 입사시험을 치를 수 있다'고 하더라고요. 그 말을 듣고서야 마음을 놓았죠."

김주하 앵커 인터뷰 중에서

교과서적인 김주하, 자기만의 룰 만들어 생활

초등학교와 중학교 시절, 김주하는 공부보다 친구를 중요하게 생각하는 아이였다.

주변에는 항상 많은 친구들이 있었고, 주하는 그 친구들을 몰고 다니며 대장 노릇을 했다. 그 또래의 소녀들이 그런 것처럼 주하에게도 '친구'가 세상에서 가장 가까운 사람이었다.

친구들하고는 무슨 이야기를 해도 좋았다. 학교와 집에서 있었던 시시콜콜한 일상사를 이야기하고, 인기 있는 총각 선생님에 관한 온갖 정보와 고민을 나눌 수 있는 것도 친구였다. 장난꾸러기 친구들은 목소리가 굵은 주하를 앞세워 총각 선생님에게 장난 전화를 걸 궁리까지 했다.

"너는 목소리가 남자 같아서 선생님이 절대 모를 거야."

때로 부모님에게 할 수 없거나 하고 싶지 않은 이야기가 생길 때, 그 복잡한 마음을 나눌 수 있는 것 역시 친구들이었다. 친구들이 가장 가까이에 있었고 그래서 그때의 주하에게는 친구가 바로 '자신의 삶'이었다.

그때부터 남다른 이야기 솜씨를 가지고 있던 주하는 친구들 속에서 더욱 인기가 있었다. 중학교 1학년 때는 학급 인기투표에서 1등으로 뽑혔을 정도였다. 담임 선생님은 인기투표 1등이 김주하라는 사실에 몹시 놀라셨다.

"제가 친구들 앞에서는 아주 수다스러울 정도로 이야기를 잘했지만, 어른들 앞에서는 거의 입을 열지 않는 아이였거든요. 저는 어렸을 때부터 제 나름의 '룰'을 만들어서 생활했어요. 공부를 하는 것에서부터 여러 가지 생활 규칙까지, 저만의 룰이 있었어요. 어른들 앞에서는 '의젓해야 한다'는 생각도 그런 룰 중의 하나였죠."

김주하 앵커 인터뷰 중에서

어렸을 적부터 다분히 교과서적인 성향이 있었다.

다섯 시간만 자고 공부하기, 저녁 7시 이후 집 밖에 나가지 않기, 밤 10시 이후에는 친구가 전화해도 받지 않기…….

누가 시킨 것도 아닌데, 주하는 그런 여러 가지 룰을 만들어 스스로를 규제했다. 자신에게만이 아니라, 그 룰은 동생에게까지 엄격하게 적용되었다. 겨우 세 살 차이 나는 언니일 뿐인데…… 동생은 억울해 울먹이며 항의했다.

"왜 그렇게 해야 하는데? 언니가 무슨 선생님이야?"

부모님은 어른스러운 큰딸을 신뢰하셨다. 무슨 일이든 '스스로 알아서 하는 딸'이었기 때문에 주하가 어떤 행동을 할 때면 '그럴 이유가 있을 것'이라고 믿어주셨다. 어쩌다 주하에게 저녁 외출을 해야 할 일이 생기면 "무슨 일 있니?" 묻는 정도였을 뿐, 밖에 나가는 자체를 걱정하시지는 않았다. 잘 다니던 대학을 그만두고 이화여대에 시험을 치겠다고 했을 때도, 처음에는 걱정하셨지만 결국은 주하의 선택을 믿고 기다려주셨다.

부모님이 그렇게 자신을 믿는다는 걸 알았기 때문에, 주하는 더더욱 반듯하고 성실한 사람이 되려고 노력했다.

김주하의 집은 그리 풍족한 살림은 아니었다. 아버지의 사업 실패로 가정 형편이 어려웠을 때, 쌀 걱정을 하던 어머니의 근심 어린 얼굴을 기억한다.

대학 생활 내내 과외 아르바이트를 해서 등록금을 충당했다. 늘 두 개의 아르바이트를 했고, 두 개가 아닐 때는 불안하기까지 했다. 식당에서 돈을 받고 계산하는 아르바이트를 한 적도 있다.

또래의 여대생들이 한껏 멋을 부리고 미팅에 나갈 때, 주하의 최대 사치품은 달랑 립스틱이 전부였다. 그것도 멋을 부리려고 바르는 것이 아니라, 과외 하는 학생들에게 어른스러워 보이려는 나름의 용도가 있었다.

미용실은 1년에 한 번 갈까 말까 했다. 대학 3학년 중반쯤에는 허리까지 내려온 머리를 하나로 땋고 다녀 별명이 '향단이'였다. 그런 자신이 '아나운서 시험을 준비한다'고 하면 친구들이 비웃지 않을까 하는 생각을 한 적도 있었다.

사실 아나운서가 되기를 희망하거나 정말 아나운서가 된 사람들 중에는 부유한 가정에서 성장한 사람들이 비교적 많다. 아나운서 시험을 치를 때는 특히 외모를 꾸미는 일도 관심사여서, '누구는 얼마짜리 옷을 입었다더라', '구두가 얼마짜리라더라' 하는 소문이 지원자들 사이에 떠돌기도 했다. 또 무리를 해서 비싼 옷을 사 입는 친구들도 있었다.

하지만 김주하는 그런 소문 앞에 흔들리지 않았다. 학교 앞 골목과 동대문 시장에서 산 옷을 입고 씩씩하게 입사시험을 치러냈다. 나중 4차 시험 때는 옷을 또 산다는 게 부담스러워, 1차 시험 때 입었던 고동색 정장을 다시 꺼내 입고 갔다.

그 자신은 '옷을 살 돈이 없었다'고 단순하게 이야기하지만, 화려하게 차려입은 경쟁자들 속에 어쩌면 김주하는 꾸미지 않아서 더욱 빛났을지도 모른다. 화려한 옷차림은 눈에만 보이지만, 빛나는 생각과 마음은 온몸으로 느껴지기 때문이다.

여성 후배에게 더 나은 것을 물려주는 게 꿈

1980년대나 1990년대 사회생활을 하는 여성들에겐 '여자'이기 때문에 겪어야 하는 부당한 일들이 너무 많았다. 여자는 이른 새벽 택시 타기도 쉽지 않았다. 당시는 자가용이 그리 많지 않던 시절이라 새벽 출근을 하기 위해서는 택시를 타야 했다. 그런데 택시 기사들은 '첫 손님으로 여자를 태우면 재수가 없다'며 한사코 여자 손님을 거부했다. '안경을 낀 여성 승객'은 더더욱 기피 대상자였다. 여자인 데다 안경까지 썼던 김주하는, 새벽 출근이라도 하는 날엔 더 일찍 집을 나와야 했다.

그래도 선배들은 '세상이 많이 좋아진 것'이라고 했다. 김주하가 방송사에 입사하기 10여 년 전에만 해도 MBC의 경우 여자 아나운서는 입사와 동시에 '결혼을 하면 퇴직하겠다'는 각서를 써야 했다. 그 당시는 방송사뿐 아니라 사회 전반적인 분위기가 직장에서 결혼한 여성에 대한 퇴출을 당연시하는 분위기였다. 여성 아나운서의 방송사 근무는 시작부터 한시적인 조건을 달아놓은 셈이었다.

호칭에도 성차별이 있었다. 대부분 군대에 다녀온 뒤 회사에 입사한 남자 후배들은 여자 선배에 비해 나이가 많은 경우를 쉽게 볼 수 있었다. 나이 많은 남자 후배들은 같은 남자 선배에게는 '선배'라는 호칭을 썼지만, 여성 선배들에게는 '누구누구 씨'라고 불렀다. 나이가 많든 적든 방송 경력이 얼마나 되든, 여사원은 무조건 '아무개 씨'였다.

그 이상한 호칭을 바로잡기 위해 여성 아나운서들은 몸으로 투쟁을 했다. 남자 사원들이 '여사원은 숙직과 조근새벽에 근무하는 일을 하지 않기 때문에 선배 대접을 해줄 수 없다'고 주장하니까, 그걸 불식시키기 위해 여사원도 숙직에 참여하겠다고 자청하고 나선 것이었다.

"그렇게 오랜 남녀 차별이 사라지기 시작한 건, 조용하면서도 지속적인 여사원들의 투쟁도 한몫했겠지만, '과연 여자가 이런 일을 할 수 있을까?' 하는 생각을 가진 사람들 앞에서, 내 몫을 다하고 그걸 인정받아 온 여성들이 있었기 때문에 가능했던 거죠. 그래서 저도 늘 생각하는 게, '내가 무얼 하건 나 다음 그 자리에 오

는 여자 후배에게 더 나은 것을 물려주자'는 것입니다. 그게 제 꿈
이에요."

아나운서로 〈뉴스데스크〉를 진행하던 2004년 6월, 사내 전직 시험에 도전했다. 아나운서에서 기자로 전직을 결심한 건 뉴스에 대한 욕심 때문이었다.

그는 '뉴스에 영향을 미치고 우리가 사는 사회를 바꿀 수 있는' 앵커가 되기를 꿈꿨다. 그러나 아나운서로서 뉴스를 진행하는 데는 한계가 있었다. 뉴스 현장을 모르니 기자들에게 뭐라 할 수도 없었다. 요리도 못하는 사람이 '파 넣어라, 마늘 넣어라' 할 수는 없는 문제였다.

김주하는 사내 기자 시험에 합격해, 1년 2개월 동안 경찰 기자를 하며 동시에 뉴스까지 진행했다.

새벽 4~5시부터 나가 경찰서를 돌고 취재를 한 다음, 회사로 돌아와 뉴스를 진행하는 빡빡한 일상이었다. 퇴근은 11시가 넘거나, 아예 퇴근을 포기하고 방송국에서 쪽잠을 잔 다음 경찰서로 출근을 하는 일도 허다했다.

담당 경찰서의 형사마저 뒤늦게 고된 기자 수업을 받는 그를 안쓰러워했다.

"참…… 늘그막에 고생이 많수."

다른 수습 여기자들이 대학을 갓 졸업한 24~25세의 쌩쌩한 젊은

그는 '뉴스에 영향을 미치고 우리가 사는 사회를 바꿀 수 있는' 앵커가 되기를 꿈꿨다. 그러나 아나운서로서 뉴스를 진행하는 데는 한계가 있었다. 그래서 어느 날 사내 전직 시험에 도전해 기자가 되어 현장으로 나섰다.

이들인 반면, 김주하는 나이 서른을 넘긴, 거의 노익장급이었다. 형사들 중에는 장난스레 노인 취급을 하면서도, 한편으로는 은근히 취재 소스를 주며 도와주려는 이들도 있었다.

그렇게 몇 달이 지나고 가을쯤의 어느 날, 결국은 과로로 쓰러지고 말았다.

김주하 기자는 사회부와 경제부를 거치며 수많은 뉴스 현장을 뛰어다녔다.

경찰서 출입 기자를 할 때는 용의자가 앞에 앉아 있는 것도 모르고 형사에게 용의자에 대해 묻다가, 멱살을 잡힌 적도 있었다.

"그래, 내가 용의자다. 어쩔래?"

험악하게 생긴 용의자는 고래고래 소리를 지르며 그를 윽박질렀다.

지하철 화재 현장에서는 부득부득 '현장을 봐야 한다'고 고집했다가 목에 그을음이 잔뜩 앉아 방송을 못할 뻔한 적도 있었다.

무엇이든 문제가 있다고 생각하면 거침없이 현장으로 달려가고, 그것이 어떤 문제인지를 알아내야만 직성이 풀렸다.

공항 택시의 바가지요금을 밝혀내느라 휴일날 집에서 쉬는 남편까지 동원해 취재를 했다는 이야기는 그가 얼마나 뼛속까지 철저한 기자인지를 이야기해 준다.

공항 택시 요금에 문제가 있다는 제보를 해준 건 바로 남편이었다. 그러 취재를 내놓고 할 수는 없는 노릇이었다. 바가지요금을 씌우는 기사가 '사실은요……' 이렇게 곧이곧대로 인터뷰를 해줄 리 만무했다. 궁리 끝에 남편과 두 대의 택시에 각각 타고 차선까지 똑같이 바꿔가며 따라간 뒤, 요금을 비교해 보기로 했다.

남편이 탄 앞차(문제의 바가지 택시였다)를 무조건 따라가 달라는 김주하 기자의 말에, 택시 기사는 무슨 탐정이라도 된 것처럼 신이 나서 그 차를 따라갔다. 그리고 그런 상황(?)에서 하는 위로의 말도 잊지 않았다.

"이렇게 고운 부인을 두고 다른 짓을 하다니…… 그래도 걱정 말아요. 남자들은 저러다가도 다 돌아와요."

택시 기사는 오해를 했던 것이다. 그래도 상관없었다. 그날 졸지에 '나쁜 사람'이 된 남편 덕분에, 공항 택시의 바가지요금 실태에 대한 확실한 취재를 할 수 있었다.

이진숙과 손석희

김주하 앵커에게는 롤 모델이 두 사람 있다.

앵커로서 영향을 미친 손석희 아나운서현재는 성신여대 교수로 재직와 그가 닮고 싶어 하는 이진숙 기자. 이진숙 기자는 MBC 보도국의 이라크 종군 기자를 거쳐 현재는 워싱턴 특파원으로 활동 중이다.

"이진숙 선배는 어떤 것에 몰입하는 힘이 대단한 분이에요. 기자들은 '경마장 말' 같은 성향이 있거든요. 오직 앞만 보고 내달리는 말처럼, 한 가지에 빠지면 그것만 생각하고 그것만 바라보며 전진하죠. 또 일에 있어 절대 사견을 개입시키지 않는 것도 배울 점이에요. 어디까지나 일은 일, 사람은 사람…… 그런 기자로서의 자세를 몸으로 보여주는 선배입니다."　김주하 앵커 인터뷰 중에서

손석희 아나운서하고는 아침 뉴스를 함께 진행했다.

그때 김주하 앵커는 뉴스 진행을 시작한 지 얼마 되지 않았을 때였다. 2년간 미국에서 공부를 하던 손석희 앵커가 돌아와 뉴스의 공

동 진행자가 된 것이다. 존경해 마지않던 손석희 앵커와 파트너가 되다니…… 생각만으로도 가슴이 뛰었다.

그러나 현실의 손석희는 혹독하고 가차 없는 선배였다.

첫 만남에서부터 "야! 선배를 봤으면 냉큼 달려와서 인사를 해야 할 거 아니야!" 하고 소리를 지르며, 그에 대한 환상을 확 깨주었다(손석희 아나운서는 일상에서는 반듯한 바른 생활 사나이지만, 일에 있어서는 무시무시한 선배였다).

초보 앵커였던 김주하는 전임 파트너였던 신경민 앵커로부터 앵커 멘트 쓰는 법을 배우고 있었다. 그런데 짝이 바뀌면서 그 선생님을 잃고 만 것이다. 하는 수 없이 손석희 앵커에게 다시 교육을 맡아 달라고 할 수밖에 없었다.

그러나 김주하는 곧 자신이 왜 그런 부탁을 했는지 수십 번도 더 후회를 했다. 손석희 앵커의 교육 방식은 아주 매몰찼다. 칭찬이라고는 한마디도 없고, 잘못에 대해서는 가차 없는 비판과 질타가 이어졌다.

급기야 하루는 김주하가 은근한 항명을 하는 사태가 벌어졌다. 그 사이 좀 배웠다는 생각에 자신도 모르게 아는 척을 했던 것이다.

"제가 쓴 것도 괜찮은 것 같은데요……."

"괜찮다고? 뭐가 괜찮아?"

"아니, 그게…… 리포트 내용을 봐선 큰 문제가 없어 보이는데요?"

까마득한 선배인 손석희 앵커의 눈이 번쩍 커졌다.

“뭐라고? 어따 대고…… 이건 아까부터 아니라고 했잖아!”

그동안의 상황과는 낌새가 달랐다. 평소의 두세 배는 되는 속사포가 날아오기 시작했다. 정신을 차릴 수가 없었다.

그날, 김주하 앵커는 눈이 빨개진 채 울면서 뉴스를 했다. 광고가 나올 때마다 스튜디오 밖으로 뛰어나가 눈물로 번진 분장을 고치고 다시 카메라 앞으로 돌아왔다. 밖에서는 ‘무슨 일이냐’고 물어오는 시청자들의 전화를 받느라 스태프들이 진땀을 흘려야 했다.

그러나 나중 손석희 앵커가 해준 한마디는 두고두고 김주하에게 힘이 되었다.

“서운해 마라. 싹수가 보이니까 매정하게 구는 거다.”

선배 손석희의 처음이자 마지막 칭찬이었다. 하지만 두고두고 고마운 것은 칭찬보다 그때의 엄격하고 매정하기까지 했던 가르침이었다. 그렇게 호된 경험을 했기 때문에, 철저히 밑바닥부터 열심히 배울 수 있었음을 알기 때문이다.

앵커에게 중요한 것은 오직 ‘진실’

앵커가 된 초창기에는 ‘자신이 생각하는 방식’으로 뉴스를 진행해 보고 싶었다.

‘내가 편해야 보는 사람이 편하다.’

그가 중요하게 생각하는 것은 어떤 차림새로 멋지게 보이느냐가

아니라, 정확한 뉴스를 전하고자 하는 진정성이다.

전형적인 앵커의 차림새, 머리 모양, 말하는 방식…… 그런 것들로부터 벗어나, 김주하식의 뉴스를 진행하고 싶었다. 아침 뉴스를 할 때는 셔츠에 스웨터를 입은 편한 차림으로 뉴스를 진행하기도 했다. 기존의 앵커 모습에 익숙한 시청자 중에는 그런 모습을 낯설어하는 이들도 있었지만, 또 다른 많은 이들은 그의 시도에 박수를 보냈다.

요즘도 취재 현장에서 리포트를 하는 김주하 기자는 꾸미지 않은 차림일 때가 많다. 그가 중요하게 생각하는 것은 어떤 차림새로 멋지게 보이느냐가 아니라, 정확한 뉴스를 전하고자 하는 진정성이기 때문이다.

"앵커로서 가장 중요한 것은 '진실'입니다. 매일 뉴스를 진행하면서 거의 강박 관념처럼 생각하는 게 '이 뉴스는 진실일까?' 하는 겁니다. 만약 그 뉴스가 사실과 다르다면, 저는 시청자들에게 거짓말을 하는 거니까요. 방법은 끝없이 검증하고 또 검증하는 것밖에 없습니다. 끊임없이 신문과 잡지, 인터넷 등을 검색하며 모든 문제의 중심에서 그것을 객관적으로 보려고 노력하죠."

김주하 앵커 인터뷰 중에서

최후의 꿈은 '경륜이 느껴지는 모습으로 뉴스를 진행하는 앵커'

가 되는 것이다. 희끗해진 머리에 얼굴의 주름을 구태여 가리지 않은 모습으로, 오랜 세월 뉴스의 현장에 있었던 기자의 경험을 담아 뉴스를 전하는 앵커가 되고 싶다. 그런 모습을 시청자들이 받아줄까…… 그건 아직 알 수 없다. 우리네 방송 속에서는 여전히 젊고 예쁜 여성 앵커들만 볼 수 있기 때문이다.

하지만 만약 그의 마지막 꿈이 이루어진다면?

희끗한 머리에 주름진 얼굴, 그리고 여전히 진지한 표정으로 뉴스를 전해줄 그의 모습을 상상하는 것만으로도 즐거워진다.

＊이 글은 김주하 앵커와의 직접 인터뷰 및 김주하 앵커의 저서 『안녕하세요 김주하입니다』(랜덤하우스, 2007)를 일부 참고했습니다.

"많은 경험이
세상 보는 눈을 뜨게 한다!"

공부보다 경험

저는 청소년 여러분에게 '많은 것을 경험해 보라'는 이야기를 가장 먼저 하고 싶습니다. 제가 학교에 다닐 때는 학생들이 학교 밖에서 할 수 있는 게 거의 없었습니다. 학생은 오직 공부, 그것도 그저 모든 것을 달달 외우는 주입식, 암기식 교육이 전부였죠. 사회에 나오기 전까지, 학교 안에서 배운 것이 세상의 전부였습니다.

요즘 학생들은 다릅니다. 볼 수 있는 것도 많고, 경험할 수 있는 것도 정말 많죠. 체험 학습에 가서 딸기도 따보고, 습지에는 어떤 생물이 사는지도 살펴보세요. 농촌 체험을 하면서 농사짓는 게 얼마나 어려운 일인지, 우리가 자연에 얼마나 감사해야 하는지도 느껴보고.

'경험'은 사회를 보는 우리의 시각을 키워줍니다.

저도 그랬습니다. 학교에 다닐 때 고아원이나 꽃동네 같은 곳으로 봉사를 다녔던 작은 경험들이, 나중에 기자로서 세상을 바라볼 때 더 깊은 곳까지 바라볼 수 있는 시야를 주었으니까요.

나이 들어서는 경험할 수 있는 것들의 폭이 더 좁아집니다. 똑같은 '실수'도 어른이 되어서 하는 실수는 경력의 오점으로 남지만, 학창 시절에 하는 실수는 그것조차 '소중한 경험'이 됩니다. 많은 것을 경험해서, 넉넉한 재산으로 만드세요.

꿈은 무조건 크게 가져야 한다

가끔 꿈의 크기와 학교 성적을 비례해 생각하거나, 도전해 보지도 않고 '나는 안 될 것'이라고 생각해 좌절하는 사람들이 있더군요. 이런 생각으로는 시작도 하기 전에 게임 끝입니다.

꿈은 무조건 크게 가지세요. 지금 자신의 성적, 능력이 그 꿈을 따라잡기 빅차더라도 큰 꿈과 목표를 세우세요.

꿈이 큰 사람은, 그 꿈을 이루기 위해 더 많은 노력을 할 수밖에 없습니다. 그렇게 노력을 하다 보면, 100퍼센트의 완성은 아니더라도 최소한 내가 꾸었던 꿈의 언저리까지는 갈 수 있지 않을까요?

우리는 모두 자신의 소망을 향해, 마지막 열정까지 바쳐 최선을 다할 뿐입니다. 그리고 그것이 행복한 삶을 사는 사람의 모습입니다.